DIÁLOGOS SOBRE MÚSICA E TEATRO
TRISTÃO E ISOLDA

DANIEL BARENBOIM
PATRICE CHÉREAU

DIÁLOGOS SOBRE MÚSICA E TEATRO
TRISTÃO E ISOLDA

Organizados por
Gastón Fournier-Facio

Tradução
Sérgio Rocha Brito Marques

martins
Martins Fontes

© 2010 Martins Editora Livraria Ltda., São Paulo, para a presente edição.
© 2008 por Giangiacomo Feltrinelli Editore Milano.
Esta obra foi originalmente publicada sob o título *Dialogui su musica e teatro: Tristano e Isotta*, por Daniel Barenboim.

Publisher	*Evandro Mendonça Martins Fontes*
Produção editorial	*Luciane Helena Gomide*
Produção gráfica	*Sidnei Simonelli*
Projeto gráfico e capa	*Casa de Ideias*
Diagramação	*Alexandre Santiago / Casa de Ideias*
Preparação	*Daniela Piantola*
Revisão	*Denise Roberti Camargo*
	Dinarte Zorzanelli da Silva
	Mariana Zanini
1ª edição	*2010*
Impressão	*Imprensa da Fé*

Dados Internacionais de Catalogação na Publicação (CIP)
(Câmara Brasileira do Livro, SP, Brasil)

Barenboim, Daniel
 Diálogos sobre música e teatro : Tristão e Isolda / Daniel Barenboim, Patrice Chéreau ; organizados por Gastón Fournier-Facio ; tradução Sérgio Rocha Brito Marques. -- São Paulo : Martins Martins Fontes, 2010.

 Título original: Dialoghi su musica e teatro
 ISBN 978-85-61635-71-8

 1. Música - Apreciação crítica 2. Teatro - Apreciação crítica 3. Wagner, Richard, 1813-1883 . Tristão e Isolda - Crítica e interpretação I. Chéreau, Patrice. II. Fournier-Facio, Gastón. III. Título.

10-06293 CDD-781.6809

Índices para catálogo sistemático:
1. Música erudita : História e crítica 781.6809

Todos os direitos desta edição para o Brasil reservados à
Martins Editora Livraria Ltda.
Rua Prof. Laerte Ramos de Carvalho, 163
01325-030 São Paulo SP Brasil
Tel. (11) 3116.0000 Fax (11) 3115.1072
info@martinseditora.com.br
www.martinseditora.com.br

Sumário

TRISTÃO, PARA COMEÇAR 9

O REGENTE E O DIRETOR 13
1. Encenar uma ópera 13
2. A análise do texto. O subtexto 25
3. Perigos da interpretação 34

ASPECTOS DA DIREÇÃO 49
1. O método 49
2. A representação 83
3. Os protagonistas do *Tristão* no La Scala. 86

DRAMATURGIA 97
1. Relação entre palavra e música 97
2. O libreto do *Tristão* 102
3. "A técnica da passagem" 108
4. Cronologia do *Tristão* 112
5. Versões diferentes dos mesmos acontecimentos ... 115

A MÚSICA 119
1. O som wagneriano 119
2. O prelúdio 126
3. Apresentação musical dos personagens 138
4. Riqueza da ambiguidade tonal 143
5. Modulação e concepção do *tempo* 147
6. Memória da audição 152

OS GRANDES TEMAS 159
1. Dialética do dia e da noite 159
2. O amor 164
3. O olhar: amor ou gratidão? 168
4. O filtro e a descoberta do outro 172
5. *Liebesnacht*: Brangäne, Tristão e Isolda 176
6. A filosofia da morte 185
7. O suicídio 189
8. Da *Liebesnacht* à *Liebestod* 192
9. Morrer juntos: um caminho iniciático 197

Agradecimentos ao Teatro alla Scala por ter contribuído para a realização deste volume.

TRISTÃO, PARA COMEÇAR

Gastón Fournier-Facio

Nenhum compositor tem sido objeto de tantas publicações como o autor do *Tristão e Isolda*: a grandiosidade da bibliografia sobre a vida e a obra de Richard Wagner representa um caso único na história da música. Somos levados, então, a perguntar qual interesse teria, hoje, um enésimo livro sobre a obra fundamental desse músico, marco sobre o qual já se escreveu uma profusão de livros suficiente para encher estantes inteiras: ensaios que analisaram os mais variados aspectos da partitura e a extraordinária influência que o *Tristão* teve no desenvolvimento subsequente da arte lírica. Até agora, no entanto, numa reflexão a dois, nunca um grande regente e um grande diretor haviam dado início a uma conversa sobre a concreta encenação de uma ópera wagneriana.

E é exatamente com *Tristão* que nasceu a longa amizade entre Daniel Barenboim e Patrice Chéreau, cujo primeiro encontro, em 1979, ocorreu com o objetivo de discutir a possibilidade de encenar a ópera, dois anos mais tarde, no Festival de Bayreuth. O projeto foi adiado muitas vezes, mas acabou por constituir um invisível fio condutor na relação entre os dois artistas, que nesse ínterim realizaram juntos outros trabalhos, como *Don Giovanni*, no Festival de Salzburgo, e *Wozzeck*, em Berlim e Paris. Somente em 7 de dezembro de 2007, para a abertura da temporada no La Scala de Milão, Barenboim e Chéreau, a convite do diretor-geral Stéphane Lissner, concluíram a encenação do *Tristão*.

O presente livro nasceu naquela ocasião, no embalo do entusiasmo advindo de uma encenação de importância indiscutível e reconhecida, vencedora, entre outros, do Prêmio Abbiati como melhor espetáculo lírico do ano. O texto é o resultado de uma série de encontros que tive com Barenboim e Chéreau no La Scala, nos dias que se seguiram à estreia, e de conversas posteriores com Chéreau em Paris e com Barenboim em Berlim e Oslo, ocorridas por volta do primeiro semestre de 2008.

Na linha dos diálogos platônicos, por meio de perguntas e propostas que faziam germinar temas, e num clima intensamente dialético, muito estimulante para todos nós, provoquei longos debates entre o músico e o homem de teatro. E do turbilhão de ideias, pensamentos e lembranças originado de tal processo, que durou no total algumas dezenas de horas e foi capaz de produzir várias fitas (cujo conteúdo foi transcrito com paciência admirável por Silvia Farina e Florence Plouchart-Cohn), resultou uma grande quantidade de material que primeiro eu quis organizar com base nos assuntos, e depois subdividi em cinco grandes segmentos: o regente e o diretor, aspectos da direção, dramaturgia, a música e grandes temas.

Diálogos sobre música e teatro não pretende ser uma exposição sistemática das concepções que Barenboim e Chéreau têm do libreto e da partitura da ópera wagneriana, mas constitui-se muito mais nas considerações e nos comentários descompromissados e originais, que deslizam quase como fluxos de consciência. São também diálogos que refletem, em cada uma das passagens, uma postura de absoluto respeito e rigor analítico em relação ao texto do compositor. Além disso, estas reflexões inéditas sobre os respectivos processos interpretativos permitem que tenhamos acesso a aspectos mais técnicos, práticos e "artesanais" do trabalho de Barenboim e de Chéreau, levando-nos a observar de perto e por dentro o fascinante "ateliê" de dois dos maiores protagonistas do teatro musical contemporâneo.

O REGENTE E O DIRETOR

1.

ENCENAR UMA ÓPERA

O ofício do regente e do diretor. Encenar o Tristão: *um projeto de 1979 concretizado em 2007 no La Scala. O* Tristão *e a vida. Ambiguidades e variações harmônicas. Desdobramentos psicológicos do texto e da música.*

BARENBOIM

Nem sempre é tão evidente assim o papel do diretor na ópera. O mesmo vale para o regente de orquestra. O que eles fazem, *exatamente*? Cabe a pergunta porque exprime curiosidade. Quem vai à ópera geralmente não sabe qual é o verdadeiro papel do diretor. Assim como quem vai a concertos geralmente não sabe o que de fato faz o regente.

No entanto, se num concerto de Brahms um violinista desafina, até mesmo alguém que não é especialista em música percebe.

Mas, quando um medíocre regente de orquestra dirige uma orquestra até certo ponto boa, o ouvinte não sabe de quem é a culpa ou o mérito. Com relação ao diretor é ainda pior.

C*héreau*

Além disso, durante o espetáculo, eu não apareço. Nem sequer se sabe onde eu estou. Em contrapartida, o regente da orquestra está sendo visto enquanto rege e, ao menos, temos certeza de que ele está sobre o pódio. Pelos efeitos que seus gestos causam na orquestra, podemos dizer que seu trabalho é aquele. Vê-se que ele está presente.

O diretor, ao contrário, não está presente. Por isso, a grande maioria dos espectadores se surpreende muito. Tem-se uma ideia errada do seu trabalho e do meu, porque quase ninguém conhece algo a respeito e ninguém nos vê enquanto ensaiamos.

O espectador frequentemente não tem sua atenção voltada para a direção, mas, sim, para os cenários e o figurino, achando que isso é a encenação! E tem razão, porque, numa ópera, às vezes, é só aquilo que está presente. Os cenários, o figurino, as luzes, e só. Em algumas montagens, na Ópera de Paris, Rolf Liebermann escolheu primeiro o cenógrafo e somente depois o diretor, para ter certeza de que haveria algo bonito de se ver sobre o palco. O espectador nem sempre sabe do que se ocupa o diretor, além do cuidado com os elementos visuais, com as imagens...

B*arenboim*

Estes são os perigos da nossa sociedade superficial, atenta muitas vezes apenas ao aspecto exterior das coisas.

"Gostei muito da montagem de... O figurino e os cenários estavam deslumbrantes!" Acho que, às vezes, as pessoas esquecem, ou não sabem, ou não têm a exata noção de todo o trabalho do diretor. Eu tenho a partitura. Posso ter milhares de ideias, posso pensar o que eu quiser, mas tenho de extrair um lá e um fá; tem o clarinete, os instrumentos de corda e tudo mais. Já o diretor, num certo sentido, deve imaginar a sua própria partitura.

CHÉREAU

Sim, e no meu caso eu mesmo tenho de montar a minha.

BARENBOIM

Montar a própria partitura... Seria como se, em vez de ter uma partitura, eu tivesse somente uma lista das notas que se repetem um determinado número de vezes e tivesse de juntá-las. É exatamente isso. Então o diretor tem de criar a sua própria partitura. E nem mesmo se deve esquecer que o diretor coloca em cena acontecimentos humanos. Por isso, a qualidade da direção também está ligada à percepção e ao conhecimento das emoções. Falamos tantas vezes do silêncio do *Tristão*: no primeiro ato ele se cala, não responde. É um sinal de fraqueza ou de força? A resposta pressupõe, da parte do diretor, conhecimentos psicológicos, a visão de toda uma gama de emoções do ser humano. Às vezes o público se esquece ou nem pensa nisso, mesmo que seja fundamental.

CHÉREAU

Dirigir também não significa escolher apenas os movimentos para a esquerda e para a direita, ou para o fundo ou para a frente do palco. A propósito, acho que tenho uma vantagem sobre os outros diretores: ouvir a música logo me indica um caminho, uma ideia de como fazer um personagem agir, para evidenciar uma contradição psicológica, para fazer emergir sentimentos encobertos ou então para decidir sobre um simples deslocamento no espaço. Com isso, não reduzo a música à psicologia; a música logo me inspira várias possibilidades de encenar uma ação, de fazer referência a um pensamento, de materializá-lo e transformá-lo num modo preciso de ocupar o espaço. A minha imaginação se liberta com a música ou com o meu jeito de escutar determinada música...

Barenboim

Com relação a meu trabalho como regente, acho que o segredo para concretizar uma grande experiência musical com uma orquestra não se baseia apenas em fazê-la executar o que o regente quer. Isso acontece com qualquer regente profissional, com uma orquestra que tenha a capacidade e a vontade de fazer o que lhe é solicitado. Consegue-se fazer música de alto nível somente quando o regente e a orquestra encontram um "pulmão coletivo". Naquele momento, todos os músicos, juntos, respiram a música do mesmo jeito. É natural que cinco minutos após o concerto cada um recupere a singularidade das próprias ideias. Não só é natural e democrático: é necessário. Mas, durante o concerto, esse pulmão coletivo deve existir.

E, na execução de uma ópera, esse pulmão deve ser muito maior, porque também tem de abarcar a cena. A questão não se resume apenas a movimentar os cantores da maneira como o diretor determinou ou fazê-los cantar no tempo musical escolhido pelo regente. Trata-se muito mais de fazer os cantores sentirem que podem conseguir respirar junto com o texto. Existe, portanto, a necessidade de uma repartição de ideias entre o diretor e o regente, para que se possa chegar a um acordo sobre a concepção que eles têm do texto e do subtexto.

Chéreau

Muitas vezes, quando você está trabalhando com a orquestra, fico observando atentamente você reger. Assim, intuo imediatamente onde talvez eu tenha me enganado e onde podem haver imprecisões na direção, em quais momentos não estou numa exata correspondência com a música. Para mim é interessante tentar entender isso antes que você me diga... Não tenho a intenção de imitar a música, de segui-la servilmente, nota por nota, mas, sim, utilizá-la de maneira criativa sem me opor a ela.

Ouvi dizer que nos últimos espetáculos de ópera de Wagner no La Scala houve alguma tensão entre o diretor musical e o diretor de cena. Por outro lado, a nós, que temos uma parceria há mais de quinze anos, nunca aconteceu de brigarmos. Obviamente, discutimos muito, mas acima de tudo trabalhamos unidos.

Para um espetáculo de ópera é necessário um total entendimento entre o regente e o diretor, ou então é melhor nem fazer. O palco e os ensaios não podem virar um campo de batalha nem se transformar numa queda de braço entre dois artistas. No passado, quando tive a oportunidade de colaborar com Pierre Boulez e com você, sempre procurei melhorar o que era proposto. Se não assumíamos conjuntamente as propostas, eu as mudava, sem nenhuma necessidade nem de brigar nem de discutir muito. Você conhece música muito mais que eu, e eu talvez saiba um pouco mais que você sobre teatro. O segredo do entendimento talvez seja este: um aprender com o outro. É isso. Claro, tivemos longas discussões, discussões sobre o sentido do texto. Convergimos muitas vezes, trabalhamos duro em cima da partitura. Sem brigas.

BARENBOIM

A gente se conheceu graças à ópera *Tristão*. Foi Wolfgang Wagner quem nos pôs em contato, dado o projeto de fazer o *Tristão* em Bayreuth. Acho que foi em 1979...

CHÉREAU

Para ser encenado em 1981.

BARENBOIM

Wolfgang Wagner quase não fala alemão. Restringe-se ao dialeto da Francônia, com o qual nem você nem eu temos familiaridade.

Depois de alguns minutos, começamos a falar em francês e ele não conseguia nos acompanhar.

Mais tarde, por muitas razões, não mais realizamos o *Tristão*, nem em 1981 nem posteriormente; mas a ópera continuou a ser, se não talvez a essência da nossa amizade, de certo um fio condutor das nossas relações artísticas. Por isso, estou muito feliz de podermos fazer o *Tristão* juntos e apresentá-lo aqui no La Scala, na abertura de 7 de dezembro de 2007.

Por anos falamos da possibilidade de fazermos juntos o *Tristão* e, nesse intervalo, participamos da encenação de *Wozzeck* e *Don Giovanni*. Alguém, então, poderia perguntar qual o nosso método de trabalho. Eu diria que nós simplesmente nos olhamos nos olhos. Porque, no fim das contas, é disso que se trata.

Tínhamos projetado um *Tristão* juntos em 1981, quando nos encontramos pela primeira vez, eu me lembro bem, e já naquela oportunidade tínhamos discutido alguns aspectos: os símbolos, a sua atmosfera de lenda, o ritmo a ser impresso à narrativa. Depois, não falamos mais deste trabalho até o dia em que decidimos realizá-lo para o La Scala.

Nossa cabeça mudou. O *Tristão* é sempre o mesmo, mas nossa cabeça não. Nesses 26 anos, nós mudamos, amadurecemos – espero. Não conseguiria recuperar as ideias de 1981. Para ser sincero, não lembro o que eu pensava e sentia em 1981.

Chéreau

Mesmo tendo me dedicado mais vezes à direção cinematográfica, nesses 26 anos em que fiquei na expectativa de fazer o *Tristão* jamais pensei em transformá-lo num filme. E também não pensei em transformar uma outra ópera em filme.

Em 1976-77, Liebermann entrou em contato comigo para me propor um filme sobre *Don Giovanni*. Eu recusei e ele foi até Losey, que topou. Já é complicado transpor uma ópera para a televisão, mas, a meu ver, não dá para fazer um filme de ópera. São dois gêneros que não podem convergir. Quando assisti ao filme de Losey, pensei: "Não é ruim como filme, mas tem música demais...". Os dois gêneros têm uma economia de tempo, duração e ritmo de tal modo diferentes que não podem ser harmonizados.

E além do mais, o que fazer com a abertura? Tentar encená-la...? E o que fazer, por exemplo, dos trechos musicais compostos apenas para permitir a um personagem entrar ou sair de cena? Na ópera, existem momentos que não podem sobreviver no cinema. E, no cinema, existem momentos que não podem ter um acompanhamento musical, apenas silêncio. São duas maneiras de expressão opostas, contraditórias.

Mas, voltando ao nosso assunto principal, Richard Peduzzi, meu cenógrafo, lembrou-me que, há 25, trinta anos, quando estávamos em Bayreuth, eu havia recebido um telefonema de Giorgio Strehler, dizendo-me: "Mas Patrice, por que você não faz o *Tristão e Isolda* no La Scala?".

Eu respondi: "Não, sou jovem demais". Eu tinha me esquecido disso. E tinha razão. É preciso ter um ponto de vista mais maduro, uma visão mais profunda da vida, para poder entender aquela ópera que para nós – acho que para todos – revolucionou a história da música e, em parte, até a história da arte.

Barenboim

Estudar a partitura do *Tristão* mudou a minha vida e também a minha visão, a minha atitude em relação à música. Porque, musicalmente falando, o *Tristão* é uma obra-prima fundamental no desenvolvimento da história da música. Todos os elementos à disposição de um músico encontram ali sua máxima expressão.

A música é baseada num fenômeno físico: a respiração, o ritmo do ar que entra no corpo e sai dele. Por isso, na música existem as dissonâncias e as resoluções. No *Tristão*, pelo contrário, é como se eu forçasse alguém a inspirar fundo sem nunca deixar que expirasse completamente, só parcialmente, e o obrigasse a inspirar de novo, continuamente, conseguindo assim uma concentração de ar. Na harmonia desta partitura existe sempre um intervalo grande na resolução das dissonâncias. E esta linguagem harmônica singular acompanha a história e seus personagens. O tema do *Tristão* – como você já disse muitas vezes – não é uma história de amor banal, é muito mais complexo.

A meu ver, o elemento-chave dessa ópera é a ambiguidade: dos personagens, das situações, das várias interpretações dos acontecimentos passados, dos pressentimentos sobre o futuro. Wagner, gênio que era, inventou uma linguagem musical ambígua, caracterizada pelo cromatismo. Nesta partitura falta uma resolução harmônica direta e definitiva. Ficamos na expectativa, sem jamais chegar a uma solução. E, em harmonia, não resolver a fundo significa deixar um elemento de dissonância que, mesmo possibilitando que imaginemos resoluções diversas, nunca nos oferece uma definitiva.

Sem entrar demais nas questões técnicas da harmonia, refiro-me aos acordes dissonantes, que teriam uma tendência a se resolverem, mas que aqui, pelo contrário, não se resolveram definitivamente, criando sempre novas tensões. Assim, antes de decorrido um minuto de música, cada acorde não tem uma, duas ou quatro possibilidades de resolução harmônica, mas talvez 26 ou trinta; sabe-se lá. Essa ambiguidade na linguagem musical, combinada à ambiguidade dos personagens, transforma-se numa tensão tão forte que é quase insuportável.

Após experimentar esse fenômeno no *Tristão*, comecei a encarar toda música de um jeito diferente, antes e depois desta ópera. Se você assimilou o *Tristão*, você fica consciente de que existe não só uma velocidade do discurso musical e do ritmo, mas também uma velocidade harmônica, com diversas possibilidades de resolução.

A harmonia é o elemento mais forte da música. Se você tem apenas um acorde, pode fazer um milhão de ritmos diferentes, sem, no entanto, poder mudar a harmonia. A harmonia não se move, porque é o elemento musical mais forte. É como Tristão, o protagonista, que se cala no início da ópera. Não por fraqueza, mas justamente pela sua força.

Depois, quando a harmonia decide dar um passo à frente, cria automaticamente um outro ritmo. E se antes eram um milhão de ritmos, agora são um milhão mais um. Por isso, a base harmônica é a chave do *Tristão*.

Quando se entende isso, pode-se olhar a harmonia com outros olhos; não só em Mahler e Schoenberg, mas também em toda a música composta antes do *Tristão*. Porque o ouvido e a intuição musical ficaram mais sensíveis a qualquer mudança harmônica.

Esta ambiguidade (que no fundo é também variação) contribui para a mudança dos sentimentos dos personagens; e também de nós mesmos, que executamos e ouvimos. O estudo do *Tristão* mudou a nossa visão das coisas. Mudou nossas referências, nosso conceito não só da música, mas quiçá da própria vida.

Com esta ópera, por exemplo, aprendi a amar mais a complexidade. Porque o *Tristão* torna claros muitos elementos complexos e os faz aparecer na sua verdadeira essência. À primeira vista, a sua complexidade é tão predominante que desanima começar. Tenho certeza de que foi assim com você também. Quando se começa a ler a ópera, a passar em revista o conteúdo, é necessário um certo tempo, um certo esforço mental para se concentrar nela. Como dizia Freud, quando sabemos pouco, temos muito medo. Então, quando avançamos no conhecimento, o medo também diminui. O mesmo acontece com a evolução no estudo desta partitura: o medo da sua complexidade diminui. O medo de se perder, o medo de entrar num mundo no qual não possamos nos expressar livremente. Através do *Tristão* – ainda que isso talvez seja subjetivo – aprendi realmente a amar a complexidade e a desfrutar um encanto do qual antes eu não tinha consciência.

Não lhe acontece ouvir a mesma música de um jeito diferente, em dois momentos diferentes?

C H É R E A U

Sim, pode acontecer, de acordo com o tipo de dinâmica que se desenvolve entre os intérpretes, durante os ensaios. Nesses casos, trata-se de uma dinâmica autônoma, que, quando se instala, pode ser até perigosa. Ainda mais que para os ensaios temos à disposição apenas um instrumento um tanto pobre como o piano. Quando, nos ensaios, temos ótimos pianistas, daqueles que conseguem levar a seus ouvidos a orquestra inteira, é uma alegria só. Mas é raro. Se, pelo contrário, o único estímulo musical vem de um pianista de nível médio, não se tem quase nenhuma referência acerca da dinâmica e da sonoridade; perde-se toda a conexão com aquilo que, na sequência, vamos ter com a orquestra.

Mas ainda há um outro problema... Muitas vezes me aconteceu de voltar para casa desesperado, começar a ouvir o CD da ópera e me perguntar: "O que tem ali? O que a música me diz?". E busco conferir a partitura, que é um suporte bastante preciso, porque indica quando os instrumentos intervêm. E além do mais me dá dicas importantes que devo levar em consideração: *forte, fortepiano, mezzoforte, fortissimo*. É útil saber sobre quais palavras recai o acento, só isso. Então procuro simplesmente confrontar todas as informações de que disponho.

Com certeza a enorme superioridade de Wagner está na forte tensão psicológica presente no texto e na música, que indica a direção para a qual pender e a possível evolução dos personagens. Existe um conhecimento psicológico bastante sólido e preciso. Os próprios personagens têm uma capacidade de argumentação, de descer às profundezas da própria psique, um desejo de se defender, de se justificar, de voltar às origens do próprio sofrimento, de compreender o próprio destino. Existe sempre total empenho em construir uma *situação psicológica* com as palavras.

Além do mais, a palavra tem aqui um significado que transcende a costumeira linguagem operística. E assim é em todas as óperas de Wagner. Em *O anel* (*Ring*) também, mas no *Tristão* ainda mais. Comparado a *O anel*, o *Tristão* está num estágio mais avançado de amadurecimento criativo.

Ninguém jamais escreveu nada parecido com o segundo ato do *Tristão*. Refiro-me ao texto, redigido antes da música, e que deveria dar ao compositor – que de mais a mais é a mesma pessoa – os estímulos musicais. Por exemplo, quem escreveu algo parecido com o monólogo de Wotan no segundo ato de *A valquíria*? Não há paralelo nas óperas dos outros compositores. Ou melhor, digamos simplesmente que eu me encontro nas óperas de Wagner, que elas me agradam.

É mais difícil fazer uma ópera como *Così fan tutte* [*Todas fazem assim*, ou *A escola dos amantes*]. Aceitei fazê-la, mas a matéria a ser tratada é mais sutil. No *Tristão*, pelo contrário, pode-se atribuir às palavras toda a responsabilidade que elas têm, ousar na construção dos monólogos; contam-se histórias que já aconteceram e são apresentadas em versões diferentes, mentirosas; tem-se acusações apaixonadas e falsidades. Uma dialética permanente. É, tudo isso me agrada.

Todas as óperas de Wagner têm grande profundidade, são interessantes de analisar. Se comparamos as mensagens que a ópera nos passa – e isto é que é bonito –, percebemos que nem sempre temos todas as informações e nem sempre as temos no momento em que elas nos serviriam. Por exemplo: Tristão se cala no primeiro ato, mas conta muitas coisas no terceiro. É um problema para a memória do diretor e dos cantores. Contudo, quando se consegue guardar o conjunto da ópera, aí os instrumentos que Wagner oferece no terceiro ato são recuperados, para serem utilizados no primeiro e no segundo. Em outras palavras, é necessário um indispensável tempo de análise. É um desafio difícil, que vem antes de tudo, e que às vezes preciso enfrentar sozinho, só para sentir a ordem em que estão dispostas as palavras. E para procurar entender qual é o papel da orquestra. Este trabalho me absorveu por mais de seis meses.

B ARENBOIM

O público não tem consciência disso; no entanto, o trabalho de análise do texto, que inicialmente fizemos juntos, e que depois você conduziu sozinho enquanto eu prosseguia com os cantores, constitui o nosso principal esforço. Deve-se, antes de mais nada, conhecer os conteúdos, depois avaliar como transmiti-los e, então, como articulá-los. E é preciso fazer isso tanto com o texto do libreto quanto com o texto da partitura musical.

2.
A ANÁLISE DO TEXTO. O SUBTEXTO.
Relação entre palavra e música. O subtexto como uma interpretação pessoal?

CHÉREAU

No meu trabalho existem duas fases bem distintas.

Antes de mais nada, é necessário analisar o texto com precisão, depois é preciso se questionar. Posso perguntar-me, por exemplo, se Wagner realmente pensou ou não a contradição que acho que percebi em determinado ponto. Então posso refletir e até dizer: tenha ele pensado nela ou não, aquela contradição pode me ser útil. Sou forçado então a lançar-me numa *interpretação* que não será exatamente a mesma de Wagner, mas nos dará a possibilidade de compreender o texto hoje.

Quando, no final do segundo ato, Tristão convida Isolda a segui-lo, sua fala inteira não está escrita exatamente com estas palavras. Com efeito, Tristão não pede a Isolda para acompanhá-lo, ou para morrer com ele, mas apenas indaga se ela aceita segui-lo para onde ele vai. Ela concorda e, a partir daquele momento, por força do combinado, não há mais contato entre eles, ele não fala mais com ela. É aqui que se faz necessária uma *interpretação* minha. Tristão cumprimenta todos, despede-se de Marke e também de Melot, não diz uma palavra a Isolda e se joga numa lança (este é o único expediente que encontrei para fazer referência à sua pulsão suicida, e pouco importa o meio). Não tem nada de falso, no entanto sou obrigado a fazer uma *ligeira interpretação*, que, de qualquer modo, não é contestada nem pelo texto nem pela música. Sou obrigado a encenar o fato de que ele não diz o que está para fazer; ao mesmo tempo, seria um erro considerar normal que ele não mais dirigisse a palavra a Isolda e que ela aceitasse esse comportamento.

É preciso então analisar o texto e conhecer com precisão o material disponível. Ali, a música é essencial. Às vezes me ocorre de ler apenas o texto – tenho de sabê-lo de cor para compreender como ele se articula – e, numa primeira fase do trabalho, imagino certas relações de tempo e noto algumas interrupções que estão, sim, dentro do texto (necessárias à sua compreensão), mas que depois me dou conta de não terem sido retomadas na música. Corro o risco de não avançar nem retroceder. Todavia, é em tal ponto que o meu trabalho se torna proveitoso, é bem aí que compreendo profundamente por que é que foi escrito assim e aceito...

Casos semelhantes aparecem duas ou três vezes no segundo ato.

Quando, por exemplo, Tristão decide que quer renunciar à frivolidade da luz e às glórias, e vê tudo diante de si desaparecer como pó e se estilhaçar. Então propõe a Isolda aquele caminho.

> *Die mit des Schimmers*
> *hellstem Schein*
> *mir Haupt und Scheitel*
> *licht beschien,*
> *der Welten-Ehren*
> *Tages-Sonne,*
> *mit ihrer Strahlen*
> *eitler Wonne,*
> *durch Haupt und Scheitel*
> *drang mir ein,*
> *bis in des Herzens*
> *tiefsten Schrein.*
> *Was dort in keuscher Nacht*
> *dunkel verschlossen wacht´,*
> *was ohne Wiss´ und Wahn,*
> *ich dämmernd dort empfahn.*

(Com seu vulto
de brilho supremo
a tez e a testa
cegando,
o astro diurno
das glórias mundanas
com a vã delícia
dos seus raios
pela tez e testa
penetrando
até a arca secreta
do coração.
O que na casta noite
trancado em sombras velava,
que sem ciência ou sonho
eu lá intuindo acolhi.)

A análise do texto permitiria supor uma ligeira interrupção, uma fresta no pensamento quando ele canta:

Was dort in keuscher Nacht
(O que na casta noite);

mas não. A música não se detém naquele ponto. O discurso continua, flexiona-se, expande-se e se transforma numa outra ideia. Em nenhum momento a música se detém. Mesmo se achamos: "Bem, poderia ser aqui", não é assim, a música continua. Contudo, eu tenho de indicar ao cantor esse deslocamento do pensamento e usá-lo. Tarefa difícil, porque o cantor não tem tempo de esboçar uma nova ideia, senti-la, evocá-la e depois expressá-la. O pensamento não muda de verdade. Ele resulta do instante anterior, transforma-se, mas sem uma verdadeira interrupção.

BARENBOIM

Mas voltemos à *interpretação*, uma palavra de que não gosto e lhe explico por quê.

Começa-se a ler o texto, faz-se um esforço para entendê-lo. Depois, imagina-se um subtexto que tenha afinidade...

CHÉREAU

Sim, e que esteja de acordo também com o texto.

BARENBOIM

Claro. E depois você começa a imaginar como colocá-lo em cena. Todavia, o único critério para perceber se a ideia é adequada não é o seu subtexto, mas o próprio texto. Em outras palavras, você pode interpretar o texto de certo modo, mas as suas escolhas são válidas apenas se você puder justificá-las com o próprio texto, e não com o subtexto. Caso contrário, você terá colocado em cena a sua interpretação e não o texto. Esta é a razão pela qual o discurso sobre o simbolismo ou o naturalismo de uma direção é, num certo sentido, um discurso falso. Você mesmo afirmou que não pode encenar os símbolos; essa hipótese seria uma facilitação involuntária. No momento em que você se concentrar nos símbolos, de fato, não tem mais necessidade de se basear no texto. Aí você se baseia naquilo que inventar e vai utilizar o texto só para justificar a sua opção cênica, a sua própria interpretação. Na música, ocorre o mesmo. Mas não está certo.

Em conclusão, a representação de um texto (música ou libreto, não tem diferença) só pode ser justificada pelo próprio texto. De fato, se dei maior ou menor ênfase a determinada passagem é porque eu a enxergo no texto. Não posso dizer: "Toco assim porque sinto assim, porque a minha interpretação deste trecho confere a ele uma beleza superior". Se na representação tomo uma certa liberdade em prol da dinâmica ou do tempo, devo poder justificá-la *post factum* com o próprio texto e não com a minha interpretação.

CHÉREAU

Estou plenamente de acordo com a sua análise e com as reservas sobre a palavra *interpretação*: eu também desenvolvi a mesma relação com o texto, no que se refere ao texto de ópera, constituído de palavras e música.

BARENBOIM

O essencial – que pode ser verificado durante os ensaios, os seus e os meus – é que nós dois temos um jeito muito parecido de trabalhar e de estudar o texto. Refiro-me tanto ao texto quanto à partitura musical. Nós dois partilhamos o mesmo fanatismo pelo detalhe. Não existe um pormenor tão insignificante a ponto de não ter de ser lido ou discutido; nosso trabalho é minucioso. Mas a questão da fidelidade ao texto é, na verdade, um falso problema: a fidelidade deve ser à ópera, não ao texto impresso. A música, a partitura do *Tristão*, não é representada pelo livro diante de nós, mas por aquilo que sentimos quando se começa a tocar. Assim, a fidelidade ao texto é um conceito vago e impreciso.

É nossa função estudar bem o texto, examinar sua construção, a estrutura musical, a estrutura harmônica e os outros elementos estruturais; e também os meios musicais empregados, ou seja, a dinâmica e as *sfumature**. Mas o papel do músico prevê também

---

* *Sfumature* pode ser interpretado como uma metáfora para passagens graduais de uma nota à nota seguinte, durante a execução de um trecho musical, sem que as zonas de passagem possam ser plenamente identificadas; *nuances* (vocábulo originário do francês e que aparecerá mais adiante) são gradações a que se submete o som, conforme a intensidade da emissão, sem, todavia, trazer como característica marcante a indistinção. (N. T.)

a pesquisa do subtexto. A música tem, de fato, um subtexto seu, assim como o libreto.

Por exemplo, neste ponto do *spartito** se indica *piano* e dez compassos adiante se repete de novo *piano*; qual a relação entre os dois, e por quê? Um é talvez mais forte que o outro, um é mais fraco que o outro, ou então um dos dois tem outra característica? É necessário examinar a partitura, a partir de vários pontos de vista, e fazer uma avaliação de todos os meios expressivos à nossa disposição.

Frequentemente, existe no *Tristão* um *fortepiano*, seguido ainda de outro, e a mesma música se repete e se acumula. Na terceira vez, ao contrário, existe um *sforzando* sem o *piano*, e isso deixa você surpreso.

Por exemplo, no segundo ato, quando Tristão chega:

> *Mein! Tristan mein!*
> (Meu! Tristão meu!)
> *Mein! Isolde mein!*
> (Minha! Isolda minha!),

na orquestra existem realmente três *fortepiano* no início de cada compasso sucessivo.

Mas depois, com

> *Das Licht! Das Licht!*
> (A luz! A luz!)

por duas vezes, existe um *forte* no início e um *piano* no final de cada compasso e, logo depois, um *forte* em todo o compasso.

---

* *Spartito* (ou partitura de redução de orquestra) é algumas vezes utilizado como sinônimo de partitura; modernamente, significa uma redução, por exemplo, de canto e piano de uma composição para canto e instrumentos; a parte vocal é igual à da partitura original, mas a parte instrumental é transcrita de modo a facilitar a execução por piano. (N. T.)

É importante entender a razão disso no plano musical; em relação ao texto é evidente. E acho que se o diretor e o regente têm ideias muito diferentes sobre a importância dos detalhes, é impossível para eles trabalharem juntos.

CHÉREAU
Voltemos aos dois textos. Existe um texto que eu leio, composto por palavras, e um texto que eu não leio, mas escuto, que é a partitura.

A aposta que fizemos sem falar nada é que as nossas duas análises coincidiriam. Temos uma linguagem comum e descobrimos isso justamente prestando atenção ao trabalho do outro, durante os ensaios. Isso só funciona se você contribuir com o seu elevado conhecimento musical e com a análise da partitura, assim como eu contribuo com o meu considerável conhecimento do texto e com uma análise iniciada em outubro-novembro do ano passado e que veio a passar depois por várias etapas. Eu me lembro de alguns dias em Berlim com você, depois de algumas semanas em janeiro com Clément Hervieu-Léger, meu dramaturgo. E, depois, todos os dias, todas as semanas, quando podia, trabalhei para respeitar o prazo final: em abril deste ano eu me dediquei a apresentar a *"nota di regia"** para ser inserida no programa do espetáculo (*Wann wird es Nacht im Haus? – Apontamentos sobre* Tristão, *abril e outubro de 2007*). Por isso, eu precisava conseguir tornar claras as minhas ideias, digamos que eu tinha de completar a análise do texto.

No entanto, a questão nunca é ter ou não ter *ideias*. É muito mais fácil encontrar ideias para a encenação. Posso ter uma dezena delas por dia. O problema não está aí, está em saber exatamente o que o texto narra – graças à análise – e como *ideias*

---

* Sinopse comentada da concepção artística do espetáculo, a qual usualmente se insere no programa da ópera. (N. T.)

muito concretas podem encarnar o conteúdo do texto. Visto que se trata de um texto grande, importante e incrivelmente estruturado, é necessário conhecer o material antes de ter qualquer ideia. Foram necessários quatro ou cinco meses de trabalho antes de nos encontrarmos entre 15 e 21 de outubro, quando você veio a Milão pela primeira vez. Não pensávamos que fosse absolutamente necessário encontrar uma ideia comum, mas dizíamos: "Vamos apostar que, se um ouvir o outro, sem dúvida encontraremos – mais que um acordo – um consenso, e que seguiremos na mesma direção?". Ele vai me dizer coisas nas quais não pensei, eu vou lhe contar coisas sobre as quais talvez ele não tenha pensado ainda. O importante é comunicar.

BARENBOIM

Somente em Berlim, durante os quatro dias que passamos juntos, é que falamos do texto da ópera do *Tristão*.

CHÉREAU

Depois daqueles dias em Berlim, de fato, comecei a entrar na ópera, a senti-la dentro de mim, consegui verdadeiramente ouvi-la e trabalhar nela; foi nos meses de janeiro, fevereiro e março. Primeiro, eu me dispus a conhecer o material, em seguida perguntei-me o que ele nos diz hoje, fazendo exercícios cruzados. Por exemplo, eu dava uma olhada em DVDs de outras produções de péssima qualidade. É útil saber o que evitar, reconhecer as armadilhas, os pontos nos quais outros diretores consideravam natural o que se dizia e nem discutiam. Algumas vezes os erros são evidentes, ou melhor, logo se consegue identificar ideias muito limitadas, ideias concebidas *exclusivamente* para a encenação, pregadas ao texto, não ligadas a ele, que deixam de fora a música, sem se unir verdadeiramente a ela.

E tem mais. Minha desvantagem é que não leio música. Estou condenado a ouvir uma gravação em CD. A gravação de Wagner em CD é particularmente cansativa de se ouvir, mesmo com uma cópia da sua apresentação em Berlim, com a Filarmônica. É cansativa porque requer uma qualidade de reprodução de ótimo nível, uma aparelhagem de som sofisticada, e porque é sempre necessário voltar e revisar. É o contrário da leitura. Para mim, ler um texto é um prazer extraordinário porque posso observar as palavras. Ouvir um disco, em contrapartida, restringe-me a uma certa combinação entre palavras e tempo predeterminado, e esta amarra é difícil de aguentar.

Tive uma sensação de libertação no primeiro dia dos ensaios que fizemos em Aix-en-Provence com os dois intérpretes principais (com Julien Selemkour ao piano), porque, de repente, eu tinha duas pessoas em carne e osso que cantavam as palavras. Quando você ouve as palavras serem cantadas por duas pessoas, fisicamente, na sua frente, você recebe um conteúdo de informação que um CD não lhe pode transmitir.

Há pouco, você disse: "A música, a partitura do *Tristão*, não é representada pelo livro diante de nós, mas por aquilo que sentimos quando se começa a tocar". A segunda parte da análise começou de verdade exatamente naquele dia: quando as palavras viraram diálogos, as ideias viraram palavras e as palavras, energia transmitida pelos corpos.

Assim, cruzei as várias experiências entre si: os cinco dias de ensaio em Aix, em julho, os DVDs a que assisti e os CDs que ouvi, e, além disso, procurei ler todos os livros que encontrava. Reli Thomas Mann, comparei com Novalis, depois Teresa D´Ávila, São João da Cruz, e me atirei numa incursão por Schopenhauer... Aí está, este foi o trabalho de preparação.

3.

Perigos da interpretação

Instrumentalizar a ópera para justificar uma concepção puramente pessoal. Rigor na análise do texto. Concretude dos detalhes e visão de conjunto da ópera.

Barenboim

As conclusões que nós, ou outros antes de nós, tiramos da lenda de *Tristão e Isolda*, ou da ópera de Wagner em geral, não me interessam. Ainda que nos dediquemos a reflexões, associações de ideias, fantasias da nossa imaginação, no final, o que nos une, o nosso único critério, é que as coisas que fazemos, as decisões que tomamos de maneira consciente, devem ter origem unicamente no texto.

O rigor é importante. Para criar uma obra, teatral ou musical, o único critério é se ater com rigor às soluções do texto. As suas possibilidades de interpretação, isto é, de determinar o subtexto, são numerosas. Mas o subtexto não deve jamais ser o único elemento motriz da leitura musical e da encenação.

Hoje, nos teatros alemães, se encontra com frequência a obsessão por *das Konzept**, que tende a se tornar mais importante que o texto. Mas o que é esse *conceito*?

Se você lê um texto, pode tirar dele o conceito principal. No entanto, se você tentar apresentá-lo em cena, não poderá usar a obra para justificar o conceito. O conceito pode justificar somente os conteúdos presentes na ópera, ou seja, no texto escrito e no texto musical.

É como se eu dissesse: *Tristão e Isolda* é uma ópera sobre o amor e a morte (simplifico, evidentemente). E, visto que o amor é um amor sexual, eu o exprimo em música com poderosos *crescendo* e *accelerando*, enquanto exprimo a morte com uma rigidez

---

* Termo cunhado na crítica teatral alemã e que significa literalmente "o conceito". (N. T.)

que jamais cede ao ritmo. Por isso, basta eu entrever o amor, que faço *crescendo* e *accelerando*, e tão logo avisto a morte... Não dá. Não se justifica. Neste caso, eu estaria colocando em cena não a ópera, mas a minha interpretação da ópera.

Em nosso trabalho existem três elementos: o texto, o subtexto, que é a interpretação individual, e a encenação. Mas a encenação só pode ser produto do texto e não uma pura montagem da própria interpretação. A interpretação intelectual, racional, emotiva do texto pode servir apenas para encontrar a forma de representar o texto. Não para reinventá-lo.

É importante afirmar isso porque hoje, na ópera, com muita frequência encontramos espetáculos que não fazem outra coisa – ainda que, às vezes, sejam atraentes. A interpretação, a ideia, *das Konzept*, nem sempre é negativa; pelo contrário, pode-se revelar muito interessante, todavia não pode se transformar numa ideia motriz, sem base no texto.

Chéreau

Às vezes, um conceito não é parte integrante da encenação, fica de fora. Um conceito, como qualquer interpretação, deve materializar-se em palavras e apresentar evidências, nada mais.

A questão da encenação de uma ópera é mais complicada do que se pensa. São várias as fases que devem ser atravessadas. Antes de mais nada, vem a análise, a qual procuro fazer com a ajuda de textos e, sobretudo, com o trabalho desenvolvido com os colaboradores.

É um longo processo, deve-se ler muito, sobre a ópera e sobre o que está em volta dela, pôr as intuições à prova e ao mesmo tempo desconfiar, fazer leituras cruzadas: falo de erudição. A propósito do *Tristão*, um importante campo de pesquisa explorado com Clément Hervieu-Léger foi a obra dos grandes místicos espanhóis; acredito que Wagner os tenha lido. Deve-se refletir sobre Tristão, que arranca seus curativos e se deixa sangrar até morrer, obrigando

Isolda a suportar os estigmas; portanto, deve-se arriscar uma resposta muito elementar para a pergunta: "Do que ela morre?".

Um segundo tipo de trabalho foi desenvolvido com Thierry Niang, que é muito mais que um coreógrafo, com o qual venho sempre trabalhando cada vez mais; ele escolheu os atores do espetáculo comigo e tem uma visão dos textos ao mesmo tempo reflexiva e intuitiva. Relemos com ele as palavras, nos desvinculamos da estrita erudição, ouvimos os sons pensando em como *encarná-los*. Desse trabalho, por exemplo, nasceu a ideia de representar um Tristão que perde a visão e que talvez tenha ficado cego no final: *hör' ich das Licht* (ouço a luz?).

Repito mais uma vez estas palavras: análise do texto. Às vezes, trata-se de uma tarefa quase escolar, mas é útil entender quais são as palavras usadas, o que os personagens dizem uns aos outros, o que discutem, que ideias debatem, como falam e como respondem entre si.

BARENBOIM

Em música, vale o que se escuta. Em música, não se pode fazer distinção entre as teorias e as linhas da partitura: além do mais, elas devem ser *audíveis*. Porque, no fundo, o único critério é o que se consegue e o que não se consegue escutar.

CHÉREAU

Exato. Às vezes escutamos trechos inteiros, agradáveis, inteligentes, que no entanto permanecem como uma conjectura, nem sequer associada àquilo que se está vendo. Assim, a encenação torna-se frágil e vários aspectos da interpretação ficam obscuros.

Vejamos, por exemplo, a questão do veneno. A nossa opção, com relação ao veneno ou filtro do amor (que, em cena, é água, visivelmente), provavelmente não é muito legível. Todavia, acho que isso não é perceptível. A nossa *interpretação*, portanto, não penetra totalmente no texto.

E vice-versa, existem momentos mais bem-sucedidos, e a minha interpretação inteiramente pessoal penetra no texto e traz uma evidência. Tenho para mim, talvez com alguma presunção, que uma das minhas contribuições importantes para o *Tristão* seja o fim do segundo ato.

Trata-se de um ponto no qual não se encontra nada de verdadeiramente claro no libreto, mas que também não me contradiz, nem na partitura e muito menos nas palavras do texto.

BARENBOIM

Portanto, está justificado.

CHÉREAU

Às vezes, a interpretação é ligeiramente separada do texto, da análise do texto.

BARENBOIM

No seu caso, porém, nunca está em contradição.

CHÉREAU

Assim espero, mas às vezes é flutuante, fluida. Existem metas que ainda não atingi, imperfeições que os cantores ainda não eliminaram. Assim, o trabalho do diretor se faz problemático. Ou, ainda, existem recomendações que os cantores compreenderam perfeitamente, mas que puseram em execução muito em seguida.

BARENBOIM

O tempo de assimilar...

CHÉREAU

Sim, o tempo que eles precisam para interiorizar, para que tudo se torne natural. A encenação ainda está por terminar. Por isso, ainda não podemos falar de conceito.

No dia da estreia, o trabalho estanca, ainda que não tenha sido ali que o nosso percurso tenha se completado. Naquele dia as coisas se fixam e se decide não mudá-las mais. Continua-se naquele caminho, mesmo que existam detalhes a corrigir ou a melhorar.

Barenboim

Voltando ao nosso tema central, não amo a palavra "interpretação" em relação à música, na qual, de fato, interpretação não existe. Na verdade, pode-se falar de realização física do texto, que seguramente possui muita margem de liberdade, mas não de interpretação. Eu não interpreto *Tristão*, posso apenas me limitar a obter o máximo de conhecimento sobre a ópera; e faço uso do termo na acepção de Espinosa, referindo-me à essência do conhecimento e não à simples informação ou à experiência empírica. Assim, procuro atingir o melhor resultado possível, mas que, por certo, não é uma interpretação minha.

Chéreau

O diretor, por outro lado, deve imaginar a partitura. É como se ele tivesse as notas mas não o *spartito*. É como se tivesse de imaginá-la. Portanto, existem vários motivos para admitir a palavra *interpretação*.

Barenboim

A razão pela qual o resultado do meu trabalho com o *Tristão* é considerado distinto daquele conseguido por outros regentes está na concepção diferente, que apesar disso não é interpretação. Sem dúvida, aspectos dialéticos e filosóficos contribuem. Eu mesmo, de uma noite para outra ou com orquestras distintas, chego a resultados diferentes quando dirijo *Tristão*. A profundidade do som da orquestra não é igual àquela adotada por outros diretores, a velocidade muda. Mas se outro regente dirige *Tristão* de maneira mais rápida ou menos rápida, ou com um volume mais alto ou menos alto, isso não significa que ele tenha outra interpretação da partitura. Simplesmente executa de modo diferente os pontos, aquelas manchas pretas no papel branco que constituem a partitura. Mas aquelas manchas pretas no papel, que se compra numa loja, não são o *Tristão*; o *Tristão* é aquilo que se materializa quando, em alguma parte do mundo, um grupo de pessoas se reúne para, numa outra realidade física, dar vida àquelas manchas pretas.

Decididamente, não concordo com quem considera minha execução como uma interpretação psicológica, emotiva. É exatamente o contrário. Por que o som é um fenômeno físico? Porque deriva de elementos físicos que operam no mundo. É um fenômeno que, por sua própria natureza e pelas diversas maneiras com que os sons podem ser combinados, assume às vezes uma dimensão emotiva, humana ou metafísica. No entanto, não podemos tomar decisões baseados apenas na esfera emotiva e sustentar que, se sinto deste jeito, então vou agir deste jeito. De modo algum! Tenho para mim que, em muitos músicos, existe uma total incompreensão, quando pensam que devem interpretar (claro que esta crítica não pode ser feita a você, Patrice). A questão não é interpretar, mas sim executar. Ou talvez fosse possível falar em interpretar a execução, não a ópera.

CHÉREAU

A execução faz a ópera falar com a sua voz. Permite-nos ouvi-la como foi escrita e concebida. Acontece de esse processo ser entendido de maneira diferente. Isso acontece também com a direção.

BARENBOIM

Proponho-lhe um exemplo muito concreto. *Tristão e Isolda* começa com os violoncelos em solo, tocando lá-fá. Trata-se de um intervalo de *sexta*. No plano harmônico, as duas notas podem propiciar muitas possibilidades diferentes: um acorde em fá maior, por exemplo. Então observo como a música continua e me dou conta de que não é assim. Wagner não utiliza aqui o lá e o fá no mesmo acorde. Em outras palavras, sobre o lá existe uma harmonia não escrita; imagino que seja uma harmonia em lá menor. Mais adiante, no prelúdio, Wagner adotou o lá maior. Esta, como queira, é a minha interpretação: que sobre o lá existe um acorde de lá menor imaginário. No momento em que o fá é tocado, o fá fica de fora deste acorde, portanto existe uma forte dissonância, um atrito sonoro.

Tudo isso é imaginação minha, se assim quiserem, mas no texto não há nada que me diga o contrário. Assim, eu não vou contra o texto. Formulo a hipótese de uma harmonia em lá menor sobre lá e, talvez, em fá maior sobre fá. Em seguida, sou levado a tomar outras decisões, por exemplo, procurar uma sonoridade diversa para as duas notas. Então peço aos violoncelos que toquem o lá com um *vibrato*, não apenas depois da nota, mas também antes, de modo que o início do som seja o resultado de um *vibrato* sobre a nota. Depois, peço que toquem o fá sem *vibrato*, de modo que se sinta a mudança. É uma decisão mínima, mas não uma interpretação.

Seria possível parafrasear e dizer: "Sim, já naquele ponto se nota a dissonância, se vê a tensão, existe uma mudança imperceptível, existe a ambiguidade de duas tonalidades que se fundem...", mas seria uma interpretação literária, que não tem nada a ver com a música.

Define-se como indutiva uma perspectiva que, por acúmulo de detalhes, acaba por construir a arquitetura, a totalidade da ópera. Concordo. Deve-se começar o trabalho estudando todos os detalhes. Ao mesmo tempo, pode-se olhar o texto numa perspectiva de conjunto, a partir da qual se procura avaliar a ópera como um todo. Tendo uma visão global da partitura, do texto, uma visão unitária da ópera, posso voltar a trabalhar em cima dos detalhes, com aquilo que é definido como um processo dedutivo.

De todo modo, não se trata de interpretação.

Eu me pergunto por que seria necessário partir de um conceito já elaborado e somente depois encarar os detalhes. A meu ver, é mais correto o contrário: partir do detalhe porque é tudo o que se vê no início.

Quando se olha a partitura do *Tristão* pela primeira vez na vida, não se tem ideia do conjunto. Começa-se observando os detalhes, como os vários elementos que compõem uma paisagem. Assim, não se parte de um conceito global para se chegar ao particular, mas, ao contrário, parte-se do detalhe para se chegar à concepção da completude. Através da compreensão dos diferentes aspectos harmônicos e rítmicos, chega-se, por fim, a uma concepção da ópera na sua complexidade.

CHÉREAU

Às vezes, penso que ainda não cheguei a uma verdadeira visão de conjunto do *Tristão*, que ainda me encontro nos detalhes. Para *O anel*, eu precisaria de três anos...

BARENBOIM

É minha obrigação adquirir os mais amplos conhecimentos sobre o texto. Mesmo assim, acho que nem mesmo se eu vivesse trezentos anos conseguiria obter o máximo de conhecimento sobre todos os aspectos de uma partitura como *Tristão*: desde o fenômeno som até os detalhes necessários a uma correta execução da música.

Em todo caso, ainda que conseguisse explorar tudo, não se trataria ainda de interpretação. Eu poderia apenas alcançar um grau superior de conhecimento, a fim de realizar no plano físico – portanto, no plano da audição – aquilo que estou vendo no papel. Mas ainda não seria uma interpretação. Foram cometidas muitas injustiças com as grandes óperas em nome da *interpretação*. Tomemos consciência de que, diante do texto, não há lugar para ela.

Quando se fala do *Tristão* de Von Karajan e do *Tristão* de Kleiber (em vez de se referir ao *Tristão* de Wagner), ou então do Beethoven de Toscanini ou Furtwängler, a referência é a objetos totalmente diferentes, que produzem efeitos radicalmente diversos sobre o público. Contudo, não são interpretações, mas realizações físicas diferentes de um texto escrito.

CHÉREAU

Eu também parto de uma análise do texto e dos diferentes componentes, tendo por suporte os conhecimentos que procurei adquirir. Mas, aos meus próprios olhos, aquilo que interpreto, aquilo que constituiria a minha genuína interpretação, por certo é menos interessante com relação à compreensão do texto que tenho diante de mim, com relação ao material sobre o qual estou trabalhando enquanto procuro resolver o meu problema, isto é, como construir este objeto, que é um espetáculo, a partir do texto que tenho, e não de um texto que teria de inventar para mim.

BARENBOIM

Não é uma questão de terminologia. Uma interpretação é algo que você mesmo estabeleceu. Você vê aquela ópera, aquela passagem ou aquelas duas notas daquele determinado jeito, portanto, coloca em cena ou toca a interpretação, não a ópera.

CHÉREAU

Claro, não se parte de uma elaboração conceitual, não se analisa o texto para se chegar a uma concepção. Por outro lado, eu mesmo não tenho uma *concepção*. Não sou presunçoso a este ponto. Procuro entender o tipo de material que tenho em mãos.

Procuro analisá-lo e tirar dele as deduções *inevitáveis*. Às vezes Wagner já chegou a certas conclusões antes de mim, às vezes não, e, portanto, procedo com extrema prudência. Por isso, quando me dizem: "Você fez uma coisa tão nova!", a resposta que sempre dou é: "Não, isso está escrito no texto". Tanto pior para os outros, se não viram.

BARENBOIM

Quando executo um trecho, penso exatamente a mesma coisa, ainda que seja verdade que, em minha experiência, adquiri conhecimentos e ideias sobre a realização de uma partitura no que diz respeito ao volume, à flexibilidade ou à flutuação do tempo, por exemplo. Por isso, Furtwängler e Toscanini usam dois *tempos* diferentes, duas flutuações diferentes, mas nem por isso tocam a interpretação deles. Cada um deles, seja Toscanini, seja Furtwängler, tenho certeza, pensavam em colocar em prática tudo o que os compositores haviam escrito. E isso não é interpretação.

Neste trabalho de rigor e respeito ao texto que objetivamente está diante de nós, torna-se também pouco interessante falar das *consequências* para o público, dos efeitos da encenação. Eu jamais pensei na reação do público quando tocava uma frase musical.

A reação do público é uma consequência, não uma ação; é uma reação.

Vou dar a você outro exemplo muito simples. Na *Sétima sinfonia* de Bruckner, no Trio do Scherzo, existe uma melodia bastante simples de ser executada, antecipada pelos instrumentos de corda. Quando esta melodia é retomada, existe a participação da terceira trompa por dois compassos, a qual raramente se ouve. Muitas vezes os músicos da orquestra me disseram: "Mas nunca ouvimos este pedaço. É novo". Não é nada novo. Não foi a minha interpretação que fez sobressair a terceira trompa. Talvez eu tenha tido apenas um pouco de inteligência e de compreensão e pensei que, se havia alguma coisa de importante, era preciso ouvi-la. Por isso, reduzi o volume dos instrumentos de corda para fazer que a terceira trompa fosse ouvida. Mas, novamente, esta não é uma interpretação. As notas estão lá, mas não podem ser ouvidas se os instrumentos de corda soam alto demais; não se trata de uma outra interpretação. Não nos referimos a uma interpretação da loucura, do ardor ou da paixão... Estas expressões literárias não têm nenhuma relação com a música, e nem mesmo respeito, porque, quando se fala em respeito, se fala em modéstia. Neste caso, a modéstia não vem ao caso. Não é falsa modéstia, a minha. Procuro tornar audível aquilo que está escrito.

Rigor é saber que devo entregar ao público tudo o que leio na partitura. Se isso provoca um efeito diferente sobre pessoas que estão ouvindo, tanto melhor para mim ou tanto melhor para elas, mas não se trata de interpretação. Não posso afirmar: "A minha interpretação me sugere que aqui é necessária uma intensa paixão ou, ao contrário, uma visão estrutural". Isso não acontece em música. Não se pode separar o elemento racional do elemento emotivo. A diferença entre executar os diversos sons e fazer música com eles está em lhes dar uma coesão, em lhes conferir uma disposição orgânica e uma interdependência permanente. A interdependência provém de uma relação entre as diversas sonoridades executadas. Isso pressupõe que se deva poder ouvir tudo. Não é uma interpretação ou mesmo uma questão de terminologia. Se insisto nesse aspecto, é porque as consequências são relevantes.

C H É R E A U

Muitas vezes a palavra *interpretação* é perigosa. A propósito disso, lembro-me de um crítico francês que me entrevistou sobre *Hamlet*. Eu havia dirigido *Hamlet* porque pensava que, quando se é diretor, cedo ou tarde é preciso fazer *Hamlet* e ficar frente a frente com semelhante obra-prima, como acontece com o *Tristão*. Alguns jornalistas vieram me perguntar qual era a minha *interpretação* de *Hamlet*. Estávamos ensaiando e, para espanto dos críticos, respondi: "No momento, não tenho nenhuma interpretação. Primeiro eu procuro entender como a ópera está escrita, o que ela me diz e como diz". Antes de qualquer tentativa de interpretação – palavra que, de resto, tomo muito cuidado em utilizar – procurei simplesmente refletir, lavrar o texto. Tudo vinha como consequência, no verdadeiro sentido da palavra. Como fiz com *Tristão*. Isolda tem suas precursoras: Medeia, Fedra e outras personagens recorrentes na tragédia grega. Posso imaginar que vou chegar à interpretação, mas não parto dela, não acho que sou mais inteligente que os outros ou que posso sentir com maior intensidade um ou outro trecho da ópera, graças à minha sensibilidade particular. Isso não me interessa. Talvez a minha eventual sensibilidade se limite a fazer que eu analise o texto melhor ou de modo mais preciso em comparação com os outros, só isso.

BARENBOIM

Interpretação significa que coisa a ópera me diz. Mas não toco o que a ópera me diz. Toco o que eu penso ver na ópera. Portanto, o único critério é a própria ópera, o texto. É verdade que existem vários graus de conhecimento de um texto. Não se trata de simplesmente dizer: "Eu me limito a tocar as notas". Procuro não pecar por omissão, e tampouco pelo excesso.

CHÉREAU

Não estamos fingindo modéstia. Acho que é preciso mais orgulho para analisar com honestidade o que está escrito que para interpretá-lo.

Quando digo que alguma coisa está escrita no texto, não faço isso para me precaver. Faço isso ocasionalmente pelo prazer de surpreender as pessoas que talvez não tenham lido o texto com precisão, e este é o meu gesto de orgulho: analisar o texto de maneira correta e me servir apenas das palavras e das notas que estão escritas nele.

BARENBOIM

Existe uma única pessoa no mundo que poderia ter uma interpretação do *Tristão*, que é aquele que o criou.

CHÉREAU

Em vários momentos, quando lemos o texto, dizemos a nós mesmos: "Preferiria que tivesse sido escrito de outro modo". Ocorre de não compreendermos sempre a sua lógica. Então, para começar, somos obrigados a entender o que está escrito.

BARENBOIM

Sim. E toda hora digo aos músicos da orquestra, ou então a mim mesmo, enquanto estou tocando piano: "Por que existe esta modulação? Ele poderia ter ido naquela outra direção". E em casa eu toco o trecho de outro modo, mudando o texto, a música escrita, para ver quais possibilidades não foram concretizadas pelo compositor.

No *Tristão* se tem a impressão de que no terceiro compasso a harmonia está pela metade, que ficou suspensa, sem resolução. Pode-se até imaginar a adição de um acorde e obter então a resolução imediata. Mas, assim, muda-se tudo. Caso se falasse de interpretação, eu deveria ter o direito de adicionar aquele acorde e de chegar à resolução final, e assim continuar. Mas não posso tomar tal liberdade. Eu tenho de entender por que Wagner fez daquele jeito.

CHÉREAU

Uma única vez na minha vida aconteceu-me de encenar o mesmo trabalho em dois momentos diversos: o primeiro, num teatro de prosa, e o segundo, num teatro de ópera, porque uma ópera foi tirada do texto teatral. Era a *Lulu*, de Alban Berg, da qual antes eu tinha encenado o texto de Wedekind. Eu estava, por assim dizer, mais adiantado que os cantores e o regente, porque era o único que já tinha feito o terceiro ato de Wedekind, no teatro: aquele terceiro ato que ainda não tinha sido representado musicalmente e que, portanto, era uma criação nova. Eu sabia perfeitamente o que estava acontecendo, enquanto os cantores, que estavam descobrindo a partitura de Cerha – que havia concluído a partitura incompleta de Berg –, nada sabiam.

Mesmo assim, durante os ensaios, eu sempre me sentia atormentado, porque era como se um outro diretor tivesse se antecipado a mim. No seu libreto, Berg fez uns cortes em relação ao texto de Wedekind; prolongou ou reduziu os tempos nos pontos em que eu tinha pegado um determinado ritmo da minha encenação anterior. Para mim, foi uma tortura, porque Berg não se demorava mais com os tempos onde eu fazia uma pausa, ou ele perdia mais tempo onde eu não perdia nenhum, acentuava ou prolongava a duração de uma nota ou realçava momentos que eu não valorizava. Em resumo, criava-se uma tensão, que foi muito fértil e interessante para mim. Foi um exercício de grande interesse, porque evidentemente tive de me adaptar ao fato de que, entre uma frase e outra, onde, em teatro, eu imaginaria uma virada decisiva, Berg não imaginava ou não mostrava nada e, ao contrário de mim, seguia sem se prender, sem modulações nem qualquer outra coisa. É óbvio, fui obrigado a colocar em cena a ópera de Berg e não a de Wedekind; eu nem sequer utilizei a minha encenação anterior do texto de Wedekind. Era Berg que eu precisava pôr em cena. Mas é sempre interessante brincar, flertar também com aquilo que não foi escrito e depois voltar ao texto, literalmente.

Mesmo nesse episódio, não se tratou de interpretação. A minha *interpretação* – caso se pense que ela ficou com a obra teatral, que de fato era mais livre – foi colocada em xeque pelo texto e pela partitura de Berg. Com efeito, a música ia numa outra direção. A ópera não se dirigia para onde eu pensava que ela tinha de ir.

Berg reinterpretou Wedekind. E eu deveria seguir Berg, com o prazer da contrição. Porque é um prazer seguir uma direção que com certeza não é a sua.

B ARENBOIM

Todavia, voltando ao nosso tema principal – os perigos da interpretação –, parece-me que o mundo da música se encontra numa fase descendente, em parte por isso também. Ideias são elaboradas e depois se usa a música só para sustentar as próprias teorias.

Aspectos da direção

1.

O MÉTODO

Decifrar e interpretar o texto. As raízes do gestual. Improvisações sem palavras. Seguir uma ideia central, partindo de dentro do personagem. A duração das cenas. Os interlúdios instrumentais. A antecipação do final. A filosofia da morte no Tristão. *Tornar a música necessária.*

CHÉREAU

O método consiste antes de mais nada em trabalhar. Ler, às vezes sem entender, e não interpretar sem antes conhecer. Compreender o que o autor queria dizer, ao menos em termos de dimensão e duração.

Eis um problema central em *Tristão*, a sua extensão, e depois a parte falada, mais presente do que em outras obras do mesmo Wagner. Assim, torna-se necessário munir-se de método e de técnica, para logo rumar para as dificuldades, identificando os momentos que serão mais complicados: antes de tudo, o segundo ato (ainda não completamente solucionado na minha direção), porque, quando Marke chega, o dueto ainda não terminou.

Waltraud Meier (Isolda) muitas vezes me fez perguntas pertinentes a respeito dos dois protagonistas: "O que teriam feito se não tivessem sido interrompidos? O que teriam feito se Marke não tivesse chegado? A estrutura psicológica deles teria apontado para quais decisões? Qual teria sido a conclusão natural daquele diálogo e daquela dialética (*O ew'ge Nacht* – Noite eterna) que Tristão usa para convencer Isolda? E do que exatamente ele a convence?". E, finalmente: "O que é esta *Liebesnacht* (noite de amor)?".

São problemas ainda não completamente solucionados, porque não identificados no momento certo. É meu costume ir diretamente detectar os pontos difíceis, meu instinto me pede. Eu me comportei do mesmo jeito com outras obras, por exemplo, com *Hamlet*, em que, para representar o espectro, é necessário procurar imediatamente uma solução cênica aceitável. Não é no palco que vai aparecer a solução, porque ali falta tempo; é preciso imaginá-la antes, refletir sobre ela, questionando-se o que jamais funciona nas representações de *Hamlet*, quando chega o fantasma. Ou como resolver, no final do *Don Giovanni*, a chegada do Comendador?

Meu instinto me conduz com naturalidade até os pontos nevrálgicos, difíceis de serem apanhados no texto, mas nem sempre consigo.

No segundo ato, por mais absurdo que pareça, existe um aspecto do qual se toma consciência só muito tarde, depois da experiência física dos ensaios. É a extensão, o jeito com que se articula e se modifica o conflito oratório entre Tristão e Isolda, como ele justifica diante dela o que fez, como ele viveu a longa separação deles e o silêncio, e depois aquela horrível viagem no barco. Indo mais fundo, fica claro que ela não o deixa ir, que o persegue, e ele tem de se defender insistentemente (daquela famosa pergunta que retomo sem parar: "Por que ele próprio foi procurar Isolda? O que tem a dizer em sua defesa?"). Em seguida, a partir de: *O sink hernieder* (Oh, desça aqui...), e talvez também mais adiante, dá-se de frente com aquela que chamarei uma *invenção ideológica*. De fato, a meu ver, não se trata de um dueto de amor, e sim da invenção de uma filosofia, de um projeto para viver aquele amor de modo puramente místico. É Tristão quem inventa esta filosofia, ainda que isso jamais se revele, é ele quem convence Isolda: daí deriva a extensão do aprendizado, e é ela que o acompanha.

BARENBOIM

Você se refere à filosofia da morte?

CHÉREAU

Sim, ao não querer mais viver. Que é o motor desta história. No princípio ela está relutante, mas depois o acompanha. As verdadeiras discussões – as do segundo ato – não são tão longas porque são desenvolvidas somente à força de reticências, de recusas, de tentativas de convencer o outro. Acho que é Tristão quem convence Isolda, ainda que este seja um ponto controverso.

Portanto, é preciso prestar muita atenção, e, novamente, o trabalho preparatório envolve: apoiar-se num conceito válido, num ponto apropriado do texto, numa alavanca adequada. Se pensarmos que é Isolda quem conduz o segundo ato, não conseguiremos compreender, e nos encontraremos diante de um Tristão que não faz mais nada, que a segue e a obedece, em oposição àquilo que ele não para de dizer no texto. A metafísica, o misticismo do segundo ato parece-me que são sustentados inteiramente por Tristão. Depois da primeira advertência de Brangäne, é ele quem responde a Isolda (que lhe pede que preste atenção ao aviso): *Lass mich sterben!* (Deixe-me morrer!). E é ele que faz em seguida aquela bela paráfrase de São João da Cruz:

> *Was stürbe dem Tod,*
> *als was uns stört,*
> *was Tristan wehrt,*
> *Isolde immer zu lieben,*
> *ewig ihr nur zu leben?*
> (O que pereceria à morte,
> senão aquilo que nos opõe
> e não permite que Tristão
> ame Isolda sempre
> e viva por ela eternamente?).

É Tristão quem diz isso, não ela.

E com:

> *So stürben wir,*
> *um ungetrennt,*
> (Morreríamos assim,
> para podermos, juntos,)

ela é reticente, resiste, luta, e, depois, até ela, com aquele maravilhoso condicional (*stürben*...), se deixa convencer. A confirmação chega em seguida, quando Brangäne canta sua advertência pela segunda vez; ele a põe à prova e lhe coloca a mesma questão que ela lhe fizera antes: *Soll ich lauschen?* (Devo escutar?), e ela lhe responde o que ele já havia respondido antes: *Lass mich sterben!* (Deixe-me morrer!). A lição foi assimilada. Existe uma dialética fantástica no texto.

Haveria muito que dizer sobre esta avalanche de condicionais ditas por Tristão:

> *Welches Todes Streichen*
> **könnte** *je sie weichen?*

> *Stünd'er vor mir,*
> *der mächt´ge Tod,*
> *wie er mir Leib*
> *und Leben bedroht´,*
> *die ich so willig*
> *der Liebe lasse,*
> *wie **wäre** seinen Streichen*
> *die Liebe selbst zu erreichen?*
> (A quais mortais golpes
> **poderia** alguma vez ceder?
> **Estivesse** diante de mim
> a potente morte,
> como ameaçaria
> meu corpo e minha vida,
> que eu em júbilo
> abandono ao amor,
> como por seus golpes
> **seria** atingido o amor?).

E logo depois:

> ***Stürb** ich nun ihr,*
> *der so gern ich sterbe,*
> *wie **könnte** die Liebe*
> *mit mir sterben,*
> *die ewig lebende*
> *mit mir enden?*
> *Doch, **stürbe** nie seine Liebe,*
> *wie **stürbe** dann Tristan*
> *seiner Liebe?*
> (**Morresse** deste amor
> do qual feliz eu morro,
> **poderia** alguma vez
> morrer o amor comigo,

o eternamente vivo
comigo acabar?
Mas se nunca **morresse** o seu amor,
então Tristão como **morreria**
do seu amor?).

O ápice está no modo condicional: *So **stürben** wir* (Morreríamos assim)... Acho que todo o significado da cena *está* nesse condicional. Mas uma teimosa tradição queria substituí-lo por: *So starben wir* (Morremos assim), mais fácil de digerir, mas, segundo penso, falso...[1]

É preciso analisar corretamente cada coisa antes de encontrar os cantores. Eu fiz isso a partir de dois pontos de vista diferentes: com Clément Hervieu-Léger, que levou adiante uma sutil análise sobre o misticismo, sobre o mito de Tristão e sobre Wagner, e com Thierry Niang, com o qual escutei música por dias e dias. Ele, por outro lado, sabia pouco sobre Wagner e me indicou muitos pontos a serem aprofundados, apenas ouvindo

---

1   Nesta passagem, a leitura de Chéreau se baseia na presença de dois condicionais (*So **stürben** wir*), o que foi dito por Tristão e o que foi retomado imediatamente depois por Isolda. Assim aparece no *spartito* para piano e canto editado em 1914 pela Peters, organizada por Felix Mottl (cf. p. 191-2). Essa versão polemiza com a "teimosa tradição" que quis publicar uma versão diferente na qual, para a intervenção de Tristão sem o condicional (*So starben wir* – Morremos assim), segue a resposta de Isolda com o condicional (*So stürben wir* – Morreríamos assim). De fato, é dessa forma que aparece tanto no *spartito* publicado pela Breitkopf und Härtel pouco depois da estreia de *Tristão* sob a organização de Hans von Bülow (cf. p. 150), quanto na partitura para orquestra na Edição Crítica organizada por Isolde Vetter e Egon Voss, publicada pela Schott Verlag em 1992 (cf. p. 179 e 182), dentro das *Sämtliche Werke* [Obras completas] de Wagner, organizadas por Carl Dalhaus. Apesar da autoridade das publicações citadas, a polêmica permanece ainda hoje aberta.

a história, seguindo o texto (ele fala alemão), e ouvindo a música (na sua gravação): observações simples, carnais e também muito abertas.

Formulamos algumas hipóteses sobre aspectos não presentes no espetáculo, mas que alimentam o espírito dos cantores e o trabalho de encenar, e sobre a experiência de vida deles. Poderíamos imaginar que Isolda tenha tido muitos homens, enquanto Tristão talvez não tivesse tido sequer uma mulher antes? Tristão poderia até mesmo ser virgem?

Isto faz parte das coisas um pouco confidenciais a se propor para um cantor ou um ator, não para que ele as mostre em cena, mas para que ele mesmo possa servir-se disso, como uma chave mestra que abre as portas e transforma cada gesto a partir do seu íntimo.

Outra cena complicada de ser representada – porque não está presente no texto – se encontra no final da ópera, quando Tristão ouve Isolda chegar e diz: *Wie, hör' ich das Licht?* (O quê! Ouço a luz?). Daí ocorreu a Thierry e a mim a ideia de que no terceiro ato Tristão estivesse ficando progressivamente cego e que percebesse a chegada de Isolda com outros sentidos. Essas hipóteses resultam de uma análise feita separadamente com cada uma das duas pessoas, isto é, duas análises cruzadas, uma sensível e afetiva, que se preocupa em estabelecer uma identificação com os personagens, e outra mais analítica. Tudo isso antes dos ensaios.

Trata-se antes de tudo de um trabalho de decodificação, como numa primeira leitura de uma partitura. Depois vêm os problemas que não se consegue resolver logo. Por exemplo, no final do dueto do segundo ato, antes do grito de Brangäne (grito este que não há na minha montagem), existe um problema que eu não tinha visto. O que Tristão e Isolda estavam prestes a fazer? O que teriam feito? Se eles não tivessem sido interrompidos, que curso teria tomado a vida deles e as reflexões que partilhavam sobre o amor e a morte?

É um aspecto que eu não tinha identificado porque, diante da extensão do dueto, a certa altura você baixa a guarda e diz: "Pensaremos nisso quando chegarmos a este ponto, com os cantores". Mas aí não interferi. De novo, baixei a guarda e desisti. Diante da extensão do dueto, saí do jogo.

Um aspecto fundamental é, certamente, a identificação com o personagem. Por isso, para cada cena feita com Waltraud Meier (Isolda) e Ian Storey (Tristão) na sala de ensaio no Ansaldo*, voltei à mesa de trabalho para fazê-los cantar e ouvir o texto. A identificação dos intérpretes com os dois personagens interfere também na análise e a transforma. Na verdade, conseguimos analisar tudo, mas no final são aquelas duas pessoas em carne e osso que cantam, que vivem, que têm uma densidade humana, e são elas que devem constituir um relacionamento, uma relação física. Isso, contudo, muda grande parte da análise, da substância, torna-a concreta, mas ao mesmo tempo coloca o problema dos duetos de ópera; coisa que eu imaginava, mas da qual não estava plenamente ciente. A extensão do segundo ato é tamanha que o repertório dos gestos acaba por ser limitado, caso se queira evitar que eles estejam simplesmente um nos braços do outro ou que fiquem de mãos dadas.

É o que Ian sempre tendia a fazer, mesmo depois de um mês e meio de ensaios. Bastava sentir-se perdido, segurava as mãos de Isolda entre as suas, mesmo que ele não tivesse jamais cantado naquela parte, e eu tinha de dar uns tapas em suas mãos e lhe dizer: "Não, este é um gesto proibido". É melhor demonstrar indiferença, um gesto mais dinâmico do que, em vez disso, se concentrar na ideia de recitar aquele dueto de mentira.

Depois, existem outros problemas nos quais não se pensa o suficiente, às vezes ligados à duração das cenas. Eu tinha me

---

* Imponente estrutura do Teatro alla Scala onde se localizam laboratórios de produção cênica, figurinos, segundo palco para ensaios etc. (N.T.)

dado conta da extensão do segundo ato, mas de modo algum eu tinha atentado (dei-me conta em seguida, já no palco) para a enorme duração da cena Brangäne-Isolda, no primeiro ato, uma cena a dois, que é o eixo principal deste ato. A representação da cena está limitada à estreita proa de um navio, num espaço que não é mais largo que uma mesa, e nos demos conta de que era necessário ficar ali por quarenta ou cinquenta minutos. Existe, portanto, um problema de tempo de duração. É absolutamente misterioso o tempo em Wagner, o seu jeito de fazê-lo fluir.

A experiência d'*O anel* me ensinou que, numa cena, corre-se o risco de movimentar os cantores rápido demais, de transformar, de modificar muito rápido a situação e a interação física entre eles. Dentro de oito dias, de fato, descobre-se que não se economizou, que se gastou tudo (o diretor às vezes gasta a sua munição nos primeiros dez minutos da cena), que o vocabulário cênico já se esgotou. Aí é preciso começar tudo de novo, refazer os mesmos gestos, que não são necessariamente falsos, mas devem ser retardados; em Wagner, eles sempre se esgotarão muito rápido. Caso se pense que a sequência de gestos ou das situações dentro de uma cena – distanciar-se, aproximar-se, tocar-se, as caretas, os sinais de negação etc. – está adequada, infelizmente vai se descobrir que tudo acontece com demasiada pressa e que é melhor fazer a cena mais de longe, não se movimentar logo, esperar e ter uma reserva para depois, porque a cena é sempre cerca de uma vez e meia mais longa do que se imaginava. Por isso a análise: é preciso estar muito preparado, mas logo depois é preciso se adaptar intuitivamente ao palco.

Aqui, a análise atinge seus limites. Se, mesmo assim, se achar que a análise é pertinente, é preciso comunicar e verificar isso com os cantores. Todavia, não basta dizer: "Você fica à esquerda, você, à direita". É preciso conquistar a cumplicidade dos cantores.

No caso da nossa montagem, é preciso ganhar a confiança de duas pessoas radicalmente diferentes. Uma que cantou muitas vezes Isolda, Waltraud Meier, e que acha que sabe, ou melhor, tem um enorme conhecimento e sabe muitíssimo sobre aquele papel. Por isso, algumas vezes, é preciso dizer-lhe: "Talvez se possa pensar em alguma outra coisa", e depois convencê-la, porque ela não vai fazer nada se não estiver convencida, e convencê--la não é fácil. Depois, tem o caso completamente oposto: Tristão, isto é, Ian Storey, que nunca cantou naquele papel, conhece pouco o personagem e tem a tendência de querer agir com pressa porque quer somar (e tem muito a receber), razão pela qual tende a dizer logo que sim, ainda que não tenha dado a si um tempo para compreender. O problema do diretor, em certos casos, é fazer as pessoas trabalharem juntas, misturar dois fluxos de pensamento divergentes, duas experiências opostas de vida.

BARENBOIM

Eu tive muitas ocasiões de ver você na ópera e tenho certeza de que, apesar destas dificuldades, você tem ideias muito precisas sobre o modo de encaminhar o trabalho com os cantores.

CHÉREAU

Eu me concentrei em duas coisas. Primeiro, eu analisei o texto, sentado com Waltraud e Ian em torno de uma mesa. Eu já tinha iniciado esta análise em Aix-en-Provence (onde eu já tinha ensaiado com os dois protagonistas antes dos ensaios em Milão). Mas depois fiz outra coisa que eu nunca havia experimentado antes com os cantores: propus uma improvisação muito longa a dois, sem uma palavra, sem uma nota musical, apenas para evocar novamente as emoções, para que fossem estimulados pela ideia de reencontrar alguém por quem tivessem sido perdidamente apaixonados muito tempo antes e a quem jamais declararam o próprio amor. Era essencialmente esta a situação dos seus personagens.

O amor de Tristão não nasce nesta ópera, tinha nascido dez anos antes e só estava esperando para ressurgir. Os dois cantores conseguiram fazer uma interpretação comovente: no começo viam-se os corpos deles numa situação calma, em pé, sentados ou deitados no chão, livres do esforço de cantar (às vezes o canto impede a reflexão), animados apenas pelo desejo. Foi formidável.

Mais tarde repeti este trabalho na nossa sala de ensaio no Ansaldo. Comecei com a cena cantada ainda nos trabalhos de mesa, sem movimentos, apenas fazendo que eles se dedicassem à análise do diálogo e ao modo como os personagens respondem um ao outro, como se convencem, como se contradizem, em outras palavras, como vivem. Uma vez mais, não era para conferir as minhas ideias, mas para verificar a análise feita e examinar se estava correta. Porque é claro que existem lacunas e deficiências na análise. Por isso é preciso estimular as perguntas e procurar dar as respostas, como sobre todo o final do segundo ato, que acho que mais tarde resolvi de um jeito satisfatório, mas que pode ficar enigmático e pede uma solução clara.

Penso, até agora, nas questões colocadas por Waltraud: "Por que no terceiro ato Tristão está sozinho na Bretanha? E ela, onde ela está?". Duas passagens nas quais o libreto não ajuda nada. A característica principal do meu método é, necessariamente, convencer os cantores. Se não estão convencidos, jamais terei a colaboração deles.

BARENBOIM

Convencê-los antes de iniciar os ensaios?

CHÉREAU

Claro. Apresentar-lhes duas ou três ideias, fazer que eles as depurem em suas mentes, conferir junto a eles se ficaram tocados e depois convencê-los. Sem a cumplicidade deles, não vou conseguir nada no palco. Eles devem estar inteiramente convencidos do caminho a ser percorrido. Acho que isso é o que sei fazer melhor. Aí, aquilo que for dos resultados, será... Todavia, eu também sei convencer e adaptar a minha convicção, sem, no entanto, distorcê-la; sei adaptar a minha análise às possibilidades de um cantor e ao que ele mesmo pode trazer com o próprio instinto. Sei também me libertar da música; de fato, consigo ensinar a eles a não se moverem obrigatoriamente no tempo da música, a não caminharem segundo o ritmo, a não fazerem gestos na cadência das notas.

Nos grandes monólogos ou nos diálogos de Wagner, dois problemas se apresentam, os quais, na verdade, se reduzem a um: quando, entre duas frases do texto, falta música, ou quando ela está sobrando. Em ambos os casos é preciso inventar uma solução. Se há música demais, pode-se fazer o cantor se movimentar em cima da música, mas sob o risco de que tudo vire apenas um enorme passeio sobre as notas. Então é preciso se libertar: o canto não pode se libertar do tempo da música; o corpo, pelo contrário, deve poder fazê-lo. Em todo caso, em cima de três compassos, posso fazer que caminhe (para devolver vigor à cena): posso pedir que caminhe lentamente sobre os dois primeiros compassos, e bem rápido sobre o último, ou posso fazer um grande deslocamento e retomar no último instante um ritmo lento, no tempo do canto que está chegando. De outro modo, você se limita a encenar a música. É um trabalho de cada compasso, de cada instante, de cada segundo.

BARENBOIM

É preciso conhecer exatamente a duração da música.

CHÉREAU

Sim, mas a experiência demonstra que, salvo algumas exceções, nos ensaios cênicos, quando estamos eu e os cantores – sem você –, sou sempre eu que conheço melhor a duração. Os cantores às vezes têm uma noção precária da duração de um interlúdio. Eu, que não conheço música, sou obrigado a decorá-la, a fixar pontos de referência para mim. Eles, que ao contrário de mim conhecem música, às vezes não pensam nem sequer em contar os compassos, se deixam transportar pela música e nem mesmo fazem a conta exata do número de compassos à sua disposição. Não sabem, ou acham que precisam estar sempre prontos. Por isso, alguns compassos antes – muitas vezes bem rápido –, eles se preparam para receber o sinal do regente, como alguém que se prepara para a comunhão: assim, eu perco segundos preciosos nos quais a concentração deles vem a faltar, abrindo um buraco no fluxo narrativo. Esta é a primeira coisa. Depois, visto que é necessário andar rapidamente com o trabalho, é preciso, por assim dizer, ater--se ao plano estabelecido. Naturalmente, até este plano pode mudar. Algumas vezes existe apenas um primeiro esboço que não funciona e não se consegue fazer a cena. Aí é preciso mudar o plano para o dia seguinte. Trabalha-se à noite, de madrugada...

BARENBOIM

Quando você está na mesa com os artistas, você conversa apenas sobre a esfera psicológica dos personagens ou antecipa também os movimentos, os deslocamentos?

CHÉREAU

Não antecipo os movimentos, algumas vezes eu os tenho na cabeça e digo: "Em cima desta entonação vou fazer assim...!". Como eu disse, existe um abismo entre o momento em que se escuta um CD e o momento em que se tem os cantores fisicamente diante de você. No disco você não sabe onde as vozes estão, não sabe mais quem está cantando.

Eu me ocupo dos corpos, daquelas duas ou três pessoas sobre o palco. Seja como for, é preciso aplicar o plano estabelecido. Em duas horas e meia ou três horas de ensaio se deve conseguir fazer pelo menos dez ou vinte minutos de uma cena, a fim de procurar desenhá-la em linhas gerais. O problema do segundo ato é que se trata de um diálogo duradouro que se transforma: inicia-se de um modo fulminante e depois se acalma progressivamente. É preciso respeitar todos os estágios até o momento em que os protagonistas conseguem construir uma teoria deles, uma convicção comum que, como sabemos, às vezes atinge a maturidade nas crises e na negação dos personagens. É um trabalho enorme, porque verifico a todo momento a posição dos corpos no palco, a relação dos corpos entre si, a angulação dos corpos e dos *spalle*.

Com Thierry, por exemplo, logo pensei que a cena do grande dueto do segundo ato deveria ser uma cena a três e não a dois, que seria mais íntima, menos fechada, em três do que em dois e bastava que tivesse alguém observando, talvez sem entender, para mudar a natureza do dueto. Isto quer dizer que a cantora que interpreta Brangäne deveria conhecer o texto dos outros dois. Parecem aspectos insignificantes, mas os cantores nem sempre conhecem o texto dos seus parceiros, e, por outro lado, devem interagir.

Quando Isolda ataca Tristão, como na segunda cena do segundo ato, dizendo: "Aqui está o que você fez, por que você fez isso?"

> *Tristan, – der mich betrog!*
> *War´s nicht der Tag,*
> *der aus ihm log,*
> *als er nach Irland*
> *werbend zog,*
> *für Marke mich zu frein,*
> *dem Tod die Treue zu weihn?*
> (Tristão – que me traiu!
> Não era o dia,
> que nele mentia,
> quando foi à Irlanda,

> intermediário das núpcias,
> para dar-me como esposa a Marke,
> e consagrar a mulher fiel à morte?)

e ainda:

> *War sie nicht dein,*
> *die dich erkor?*
> *Was log der böse*
> *Tag dir vor,*
> *dass, die für dich beschieden,*
> *die Traute du verrietest?*
> (Não era tua
> aquela que te escolheu?
> Como o seduziu
> o malvado dia,
> para que a fiel,
> a si destinada, traísse?),

uma vez que a questão que é colocada é muito longa, tenho de pôr em cena o desejo de Tristão de responder – ou, ao contrário, o fato de que não queira responder –, mas ele espera a sua vez para tanto e constata que ela acabou de testá-lo. Coloco isso em cena de maneira muito realista.

Isso, todavia, pressupõe que o outro tenha informações precisas sobre o texto de Isolda, que eu examine até os gestos, a maneira como eles ouvem. Pode-se ouvir de mil maneiras um parceiro que está cantando: pode-se ouvir espichando-se os ouvidos, girando o tronco, ou se mostrando concentrado naquilo que se ouve, ou pode-se desviar; podem-se fazer milhões de coisas nas quais os cantores não pensam porque não fazem uso de todas essas possibilidades. Examinar os gestos, controlar como se tocam, com uma mão (não duas), ou sem se darem as mãos. É um trabalho minucioso. Não é por acaso que no dia da estreia se chega talvez a apenas uns dois terços do que seria desejável. Em geral, perdem-se alguns detalhes que tinham sido vistos nos ensaios, mas que desaparecem porque os ensaios da orquestra são um grande rolo compressor. Sobram apenas as ideias fortes, ao passo que às vezes é preciso reconstruir os detalhes. É como se fosse preciso devolver o viço à grama de um campo, e aí se pega um rastelo e se penteia a grama de novo no sentido oposto, e às vezes é necessário fazer isso folha a folha. Em certos casos, no dia da estreia, algumas áreas ainda estão pisadas.

Em outras palavras, mesmo cantando bem, nas posições corretas, mesmo respeitando a colocação do corpo sem jamais ficar de frente para o público, mas sempre ligeiramente de lado para criar tensão, tudo isso não é suficiente para mim. Há diretores que se satisfazem, e quando a encenação é feita, corre tudo bem. Para mim não é assim, eu peço que eles sigam sempre uma ideia dominante, uma por vez, coisa que é fácil com Wagner e mais complicada com Mozart. Na escrita de Wagner existe um pensamento que percorre a ópera de modo obsessivo (isto é, desenvolve um raciocínio e o elabora às últimas consequências), mirando a conclusão, a resolução, da cena. Então não dá para se limitar a uma direção benfeita nem se contentar em respeitar as intenções. Tem de haver um pensamento por dentro, e cabe a mim identificar este pensamento, propô-lo aos intérpretes e também repeti-lo todas as noites, até que não o esqueçam.

BARENBOIM

Na música também existe esta espécie de curva. Falei muito desta ideia da resolução musical. Para onde vai a música?

CHÉREAU

Claro, mas com esta diferença entre você e eu, entre o regente e o diretor: você não fez mais ensaios que eu com a orquestra e os cantores, mas durante o espetáculo você está ali. E esta curva musical você tem, está obrigado a ter, você a incorpora, a tem na ponta dos dedos. Mas eu não, posso tentar fazer gestos dos bastidores, mas não estou ali: estou obrigatoriamente relegado aos seus bastidores. E quando você está dirigindo não posso nem me meter a fazer grandes gestos pelas suas costas. Para evitar isso, posso trabalhar realmente só quando estamos na sala de ensaio, com o piano. Mas, como todos sabem, quando temos o piano, não temos a massa orquestral, portanto, falta aquele esforço que os cantores devem fazer para cantar acompanhados da orquestra.

BARENBOIM

Mas, uma vez que você convenceu os cantores, e eles aceitaram a sua concepção dos personagens, tudo deveria ser mais simples.

CHÉREAU

Não necessariamente. Digamos que eu faço as coisas sob medida. Trabalho com o material que o cantor, consciente ou inconscientemente, me fornece; em resumo, eu me adapto. Por isso as mudanças de papel me causam sofrimento. Neste inverno vou refazer *Tristão* no La Scala com outro intérprete, Robert Gambill. Ian vai cantar em algumas apresentações, mas serão dois intérpretes. Haverá pouco tempo e eu terei de transferir para Robert as dicas que já dei para Ian. Eu havia projetado este Tristão em cima da massa corporal de Ian, tinha construído Tristão em cima do silêncio de Ian, quando ele está sério e não fala. Vê-se isso no espetáculo e se verá também no DVD: nota-se aquela massa pensativa e reflexiva que se parece tanto com Tristão. Fiz determinadas escolhas porque era ele. O mesmo acontece com Waltraud, que interpreta Isolda daquele jeito porque é Waltraud. Sou completamente amarrado à personalidade do cantor. Não se pode pedir ao cantor uma coisa que ele jamais será capaz de fazer e que não vai aprovar. Eles sabem fazer muito, muito mais do que se pensa, mas, de todo modo, eu estou preso a eles. Se eu tivesse feito *Tristão e Isolda* com outros dois cantores, teria encenado outra coisa. E o sentido teria sido em parte diferente, sem dúvida.

No período de análise, a questão não é o que vou realizar concretamente. O importante é descobrir o que é contado na cena. Claro, seja como for eu tenho duas ou três ideias.

Por exemplo, no primeiro ato, frequentemente, o barco é colocado no sentido da largura, enquanto nós o colocamos de comprido. De fato, estávamos convencidos, Richard Peduzzi e eu, de que se tinha a necessidade de interpor a maior distância possível entre Tristão e Isolda, porque na história a questão é que ele não quer se aproximar. Daí derivam outros problemas, uma vez que ele está longe demais para cantar, mas ao mesmo tempo está escrito que ela está na proa do navio e ele, no timão. É mencionada a palavra *Steuer* (timão). Há, portanto, pelo menos vinte metros de distância, e o interessante é que é necessário enviar alguém para pedir a ele que venha. É preciso se ater a esse fato, ainda que depois se possa ajustar isso de mil maneiras diferentes.

BARENBOIM

Sente-se esta barreira de espaço que separa Isolda e Tristão.

CHÉREAU

Sim, ela é necessária. Isolda envia duas pessoas a Tristão, até que ele próprio venha.

BARENBOIM

Voltando ao seu método, antes de tudo, existe uma análise do texto e, em seguida, a discussão com os cantores.

CHÉREAU

A discussão é permanente, dura até o fim, até quando já se está em cima do palco. O trabalho não cessa, o palco não é a confirmação da ideia. Sempre vão depressa demais ao palco e depois, muitas vezes, ficam desiludidos. Trabalho muito bem na sala de ensaio, ao passo que fico um pouco menos feliz quando chego ao palco. Vou porque é necessário, mas não me sinto feliz. Era tudo mais belo na sala de ensaio, com o piano, sem os espectadores. Depois as coisas se definem, se confirmam, não se comete deslizes, erros. Existe menos risco, digamos que tudo fica mais sob controle.

BARENBOIM

Você acha que, com o público e a orquestra, o seu trabalho é menos controlável?

CHÉREAU

Existem menos surpresas, tudo está controlado. Nos ensaios com piano poderia também acontecer alguma surpresa. No palco, com a orquestra, ninguém quer mais cometer erros. Uma representação é uma coisa viva; agora, com as gravações, a gente se esquece um pouco disso. Um espetáculo de ópera é uma representação ao vivo, na qual existe o risco de não se conseguir cantar bem tudo, e em Wagner o risco é muito alto: uma nota pode não sair muito boa, pode-se desafinar, ter um branco. Acho que o risco também é apaixonante.

Assim, o meu método é um trabalho permanente. Só procuro continuar perseguindo a minha ideia, sem nunca pensar que ela já se realizou completamente.

BARENBOIM

Mas algumas vezes você modifica o trabalho realizado. Quando você volta para casa, com certeza acontece de encontrar outras soluções, não é assim?

CHÉREAU

Sim, porém não se volta para casa com as soluções, mas com centenas de perguntas não respondidas. Você se dá conta de que está seguindo uma ideia e que esta ideia leva a um beco sem saída. Depois, um dos cantores, Isolda ou Tristão, me diz: "Mas se faço assim, é contraditório com o que eu vou lhe dizer logo depois". Às vezes consigo ser convincente, mas em outras é preciso recomeçar tudo de novo, porque existe um princípio – que pode ser esquecido no teatro, mas estranhamente não no cinema, não sei por quê – e este princípio diz que não se pode representar o final de uma cena antes do seu início. Isto é, os atores (e neste caso os atores são exatamente iguais aos cantores) analisam o início da cena com os instrumentos de que dispõem, sabendo como vai terminar. Os personagens, pelo contrário, não sabem como termina a cena. Talvez saibam o que querem obter, mas isso também não é uma certeza, talvez saibam ou controlem o que querem obter da cena, nada mais.

BARENBOIM

Conheço o texto, mas não a sua ideia do texto.

CHÉREAU

Não é a minha ideia. A minha ideia é que é necessária a cena inteira para chegar àquele ponto preciso que representa a sua resolução. Em música é mais complicado, porque tudo já foi composto. Digamos que procuro tornar a música necessária, isto é, fazer de uma maneira que sejamos conduzidos obrigatoriamente ao final daquela cena – final que já está escrito – e que, portanto, exista uma obrigação dos personagens de terminarem a cena e de saírem dela transformados da maneira como a música descreve para eles. A primeira cena entre Tristão e Isolda, quando ele finalmente se aproxima dela, flui muito mal, com uma dificuldade inicial de diálogo. Ainda que Isolda seja bem altiva e Tristão bem fechado em si mesmo, um diálogo se constrói entre eles, apesar dos pesares, mas um diálogo banal, sem competição; se, pelo contrário, calcarmos demais no ódio recíproco (que é falso) ou num amor visível demais, vai se cair igualmente no falso; é preciso representar e colocar em cena duas pessoas que não estão no mesmo ritmo, que se pegam de surpresa, que não conseguem se falar, ou que não têm vontade de se falar, porque é doloroso demais para ela e até para ele, só que nela isso é muito evidente e ele não demonstra de jeito nenhum. Isso significa também dar existência a Tristão. Se não se presta atenção, o personagem pode se tornar inexistente, porque no primeiro ato ele se recusa obstinadamente a aparecer. O único consentimento dele está nas primeiríssimas palavras, a primeira fala, na qual ele tem um sobressalto e diz: *Was ist? Isolde?* (O quê? Isolda?), quando Kurwenal lhe fala e logo depois ele se recupera; musicalmente está composto assim, não deixa espaço para os sentimentos. Seria possível, portanto, fazer a observação: "Eis aí, está distante, é um homem frio". Depois fica difícil ir além desse tipo de ideia.

Nas discussões com você, em Berlim, por exemplo, procurei logo contestar, de forma superficial e instintiva, quando você me disse que Isolda era arrogante e que Tristão era indeciso. Se ele é indeciso, porque encenar esta ópera? Como é que se pode dedicar quatro ou cinco horas a alguém que é indeciso? Ele não é indeciso, fica calado, e isso é totalmente diferente. Tristão é uma pessoa que não expõe os sentimentos. Claro, ele tem um bloqueio, mas isso não quer dizer que não tenha sentimentos. Ela, por outro lado, demonstra os seus com grande transparência, e a distância entre os dois é enorme, mas nem por isso os sentimentos dela são mais interessantes que os de Tristão, são apenas mais visíveis. Por isso, a arrogância ou a insolência que facilmente poderiam ser atribuídas a ela, bem ao contrário, devem ser rejeitadas. Existe nela uma dor, uma dor imensa. Quando se está consciente desses sentimentos nos protagonistas, tem-se também os elementos necessários para que eles, que acham que estão prestes a morrer, possam de repente declarar um ao outro o seu amor – que existe há muito tempo – e sobretudo possam ter as motivações para chegar até o final da ópera, que, de todo modo, acontece cinco horas mais tarde...

É preciso também prestar atenção (e é só uma simples regra de dramaturgia) para não bloquear as possibilidades que permitirão que os personagens se transformem. Às vezes, os cantores, o regente, os atores e até os diretores tendem a representar o final no começo, usando o que já conhecem a respeito do final. Os atores me dizem sempre: "Sim, mas, sabe, no final da cena ela diz isso...". Eu respondo: "Sim, mas é no final da cena. Ela não seria capaz de dizer, e nem mesmo de pensar isso, no começo da cena, senão a cena não serve para nada". Assim, é preciso reencontrar essa necessidade. Nas óperas é mais difícil, porque tudo parece escrito *a priori*: a entonação, a inflexão da voz, as dinâmicas, os tempos. Em teatro, as entonações e os tempos devem ser construídos, são inventados nos ensaios, as falas podem ser emitidas de maneira mais forte ou menos forte, pode-se empregar mais tempo ou menos tempo. Às vezes existem falsas interpretações da música, contra as quais é preciso lutar. Para certos cantores que, a propósito d'*O anel*, me diziam: "Não, porque naquele ponto a partitura é triste", eu respondia: "Não, é uma música lenta, doce, mas não se pode dizer que é triste; claro que é mais complexa, mas, de fato, não sei se é triste".

Barenboim

Eu também estou convencido disso. O conteúdo nunca é tão determinado.

Chéreau

Não, e sobretudo o conteúdo psicológico não é determinado. Por outro lado, quando um fala e o outro responde, as palavras são essenciais. No segundo ato, o jogo de perguntas e respostas, a dialética da tensão oratória, está inteiramente escrito. Tem *fortissimo*, tem impulsos emotivos aos quais é preciso dar um sentido: "Talvez ele (ou ela) esteja com raiva, e responde mal? Ou então, pelo contrário, é a força do convencimento (como eu acho)? Talvez seja a vontade de convencer, a necessidade de convencer? Talvez seja a impaciência de querer convencer?". De todo modo, é preciso colocar em cena e, num certo sentido, justificar, integrar psicologicamente aquela sensível desaceleração de todo o ato que deságua na pacificação do dueto. Da entrada de Tristão até o momento em que os dois recuperam a calma, naqueles vinte minutos mais ou menos, eles se recontam toda a sua história, eles a recapitulam.

BARENBOIM

É importante não antecipar o fim e acompanhar todo o processo.

CHÉREAU

Sou obrigado a dizer que, às vezes, pode ter ocorrido ao próprio Wagner antecipá-lo, por isso que em alguns casos cabe a mim ir contra Wagner. Às vezes ele antecipa mais do que eu gostaria, às vezes os personagens sabem mais sobre o final do que deveriam. Mas, a meu ver, é uma questão de gosto, de interpretação da passagem. Por isso, às vezes eu dou uma guinada na minha direção, e funciona, porque evidentemente eu sempre danço conforme a música...

BARENBOIM

Dadas as circunstâncias em que se desenrolaram os ensaios em Milão, você teve de trabalhar antes só com Tristão, portanto, foi obrigado a começar do terceiro ato. Foi mais complicado? A julgar pelo que você acabou de dizer, era o caso de começar do fim.

CHÉREAU

Não, pelo contrário, tivemos a possibilidade de explorar desde o início a profundidade da alma de Tristão, de começar no momento em que se revela tudo dele, tudo aquilo que terá de ser escondido em seguida, sepultado novamente sob a terra, para que os outros dois atos possam ser representados.

No mais, nos ensaios em Aix-en-Provence já tínhamos trabalhado em cima dos dois primeiros atos. Naquela ocasião nem toquei no terceiro ato, porque sabia que, em Milão, teria de começar por ele, uma vez que Waltraud não poderia estar conosco nos primeiros dias de ensaio. De todo modo, para começar, o terceiro ato era oportuno, porque é a parte em que, finalmente, se sabe tudo de Tristão. São 45 minutos só com ele.

BARENBOIM

Ou com Kurwenal.

CHÉREAU

Kurwenal não existe de fato, não nos ensina grande coisa porque ele não compreende nada.

BARENBOIM

O primeiro ato é quase todo centrado em Brangäne com Isolda. O segundo é centrado em Tristão e Isolda. Já o terceiro ato é dedicado a Tristão com Kurwenal. São três centros de atenção diferentes.

CHÉREAU

Sim, mas Kurwenal não tem de modo algum...

BARENBOIM

... o papel que Brangäne tem no primeiro ato?

CHÉREAU

No final, ele se aproxima um pouco mais dela, no sentido de que, ao fim, ele também provoca uma catástrofe, desencadeia um desastre, como ela.

BARENBOIM

Quando Kurwenal mata Melot.

CHÉREAU

Sim, e não se sabe bem por quê.

BARENBOIM

Mas ele constrói aquele diálogo baseado na chegada ou na certeza da chegada de Isolda, que é importante pela ressonância que tem em Tristão.

CHÉREAU

Sim, mas Tristão sabe disso muito mais que Kurwenal.

BARENBOIM

Tristão tem certeza, Kurwenal não.

CHÉREAU

Sim, Tristão sabe disso muito mais que Kurwenal. Kurwenal tem esperança de ver o barco. Tristão sabe que ela está para vir: *Isolde kommt! Isolde nacht!* (Isolda vem! Isolda chega!), está escrito. Eu decodifico isto não como uma surpresa, mas como um: "Claro que está para chegar!". Ele prevê, pressente o que está para acontecer.

BARENBOIM

Você poderia dizer a mesma coisa de Brangäne no primeiro ato. Isolda quer matar Tristão, enquanto Brangäne não tem noção desse fato.

CHÉREAU

Brangäne, em especial, não entendeu nada. O que é interessante é que os confidentes ou criados – e isso vem da tragédia antiga – são pessoas que não enxergam, são cegos e perturbados. À parte as amas que às vezes são úteis (Brangäne é útil exatamente quando joga fora os venenos, quando diz que tem os remédios e que pode utilizá-los[3]), na tragédia clássica quase sempre se trata de pessoas que não entendem nada, que não viram nada, que são cegas.

Brangäne, que sempre vivera com Isolda, estava presente na Irlanda quando Isolda deixou de matar Tristão. Na ocasião em que Isolda encontrou um fragmento da espada de Tristão na cabeça de Morold, quando cuidou de Tristão, Brangäne estava presente, mas não viu nada.

Em *Fedra*, de Racine, a situação é quase a mesma: quando de repente Fedra diz que está apaixonada por Hipólito desde o seu casamento com Teseu, Enone leva um susto, fica perplexa, mesmo tendo passado todos os seus dias com ela.

Das duas, uma: ou as damas de companhia e as amas são cegas ou então (e pode ser que ambas as alternativas sejam verdadeiras) mulheres como Isolda e Fedra são mesmo profundamente apaixonadas, mas conseguem esconder isso com habilidade. No curso do drama, no entanto, chega-se a um ponto em que não é mais possível esconder. Estamos numa situação de urgência, o problema deve ser resolvido antes que o barco toque a terra. No

---

3   Brangäne, no final da cena III, do primeiro ato, ouvindo Isolda falar em vingança pela traição (de Tristão) e paz para o coração aflito, vai buscar as poções mágicas guardadas pela mãe de Isolda num cofre; para Brangäne, eles são o remédio e o antídoto de que Isolda necessita. Isolda os rejeita, porque quer a poção da morte; Brangäne, então, sem o conhecimento de Isolda, faz a troca da poção da morte pela do amor. (N. T.)

começo Brangäne diz: "Chegaremos antes do anoitecer". É o último dia de viagem.

Kurwenal é de uma devoção total, mesmo não enxergando nada. Ele reconduziu Tristão à Bretanha, à terra dos antepassados, carregando-o nos ombros – diz ele – na pátria de seu pai; era preciso salvá-lo, fugir dali com ele ferido, mas ele não enxerga nada além disso. Isolda vai chegar, diz Kurwenal para convencer a si mesmo, contudo, a certa altura, acrescenta algo de terrível:

> *du sollst sie sehen*
> *hier und heut;*
> *den Trost kann ich dir geben –*
> *ist sie nur selbst noch am leben.*
> (você a verá
> aqui e hoje;
> este consolo posso dar a você –
> se ela própria estiver ainda com vida).

Tristão está animado por uma convicção inteiramente diferente, ele vê mais longe, vê para além das aparências, é um clarividente. Ele sabe que o barco está para chegar, ainda que Kurwenal não se dê conta disso.

BARENBOIM

Patrice, sabemos que você também é ator. Você conhece o ofício pessoalmente. Enquanto está procurando desenvolver a psicologia de um personagem, durante os ensaios, é interessante quando você mesmo interpreta, diante dos cantores, mostrando a eles o que você gostaria de ver.

CHÉREAU

Sim, às vezes faço isso. Para mim é uma maneira de fazer um teste, é como se eu representasse a cena para mim mesmo e verificasse se a ideia que estou propondo tem consistência.

BARENBOIM

Diante deles ou sozinho?

CHÉREAU

Só diante deles. Acredito que tenho uma grande consciência da coerência psicológica, isto é, sei onde pode haver uma contradição. Por exemplo, entendo Tristão perfeitamente, eu o entendo em todos os meandros do segundo ato, eu o compreendo à perfeição. Ao passo que a coerência é algo que os cantores têm dificuldade de enxergar porque representam uma fala por vez. Penso ser o guardião da coerência. E para isso confio no meu instinto, no meu íntimo eu me pergunto como poderia representar a cena.

Desde que comecei a dirigir óperas, desenvolvi um outro tipo de instinto: lendo o texto ou a música, logo me vem uma ideia, uma hipótese de encenação, um gesto, uma motivação – seja para acompanhar a própria música e para imitá-la, seja, ao contrário, para não acompanhá-la de jeito nenhum.

BARENBOIM

Diante dos cantores, você mostra os gestos também.

CHÉREAU

Apresento propostas e corrijo o que eles fazem. Eles caminham de uma determinada maneira, eu lhes proponho que caminhem de um outro jeito, que parem, que utilizem a música de maneira diferente do *timing* da própria música, seja quando cantam, seja quando não cantam. Proponho a eles um outro tipo de gestual, eu os corrijo sem parar. Ou então, muitas vezes, proponho ideias um pouco mais específicas.

Por exemplo, se bem me lembro, existe um gesto que é feito em muitos momentos, mas que não vem indicado no texto, que é quando Tristão se ajoelha aos pés de Isolda, pega seu casaco e a beija. Este gesto, de ajoelhar, aparece em todos os atos; e, assim, ele morre também fazendo pela última vez aquele gesto. Ele o faz por três vezes no segundo ato, e o efeito está na maneira como ele o realiza. Se existe uma ideia, se a seguimos totalmente, se captamos o sentido deste gesto, conseguimos fazê-lo. Mas se ele é feito apenas de maneira coreográfica, o gesto não tem mais nenhum sentido. Torna-se um jeito simples de agradecer Isolda por existir, como todos os dias agradecemos a existência da pessoa que mais amamos no mundo. Acontece também no primeiro ato, enquanto Tristão e Isolda esperam a morte.

Existem muitos pontos criticáveis em outras montagens a que pude assistir. Por exemplo, quando Tristão toma o veneno (ele sabe perfeitamente que é veneno; ela o odeia e lhe pede para beber; em todas as montagens se sabe que é veneno), ele bebe e Isolda lhe diz uma coisa interessante (que é preciso levar muito a sério):

> *Betrug auch hier?*
> *Mein die Hälfte!*
> *Verräter!*
> *Ich trink sie dir!*
> (Engano também aqui?
> Minha é a metade!
> Traidor!
> Eu bebo por você!).

Disso deduzo que ele simplesmente não tinha pensado que ela estava para morrer junto com ele; o veneno era para ele, e ele havia aceitado isso. Somente depois ele descobre que ela quer metade do veneno. Neste ponto, os cantores frequentemente ficam sujeitos a vários clichês. No teatro, em geral, não sei por quê, o veneno é bebido bem rapidamente. Pega-se o veneno, toma-se num só gole até a última gota, tipo roleta-russa. Ao que eu disse comigo mesmo: "Tristão deve bebê-lo lentamente". Firme, consciente daquilo que está fazendo. A decisão de beber o veneno é calculada. Isolda, em contrapartida, pode bebê-lo rapidamente, mas tem o problema que, numa taça, se você beber depressa, derrama tudo; por isso pode ser bebido rápido, mas mesmo assim é preciso um tempo. Existe também outro clichê em certas representações: depois de ter bebido o veneno, joga-se o copo fora com violência. Não sei por quê, mas todos os cantores fazem isso, bebem e jogam o copo. Eu lhes pedi para colocarem de novo sobre a mesa aquela taça que não lhes havia feito nada de mal.

A principal dificuldade que eu queria resolver antes de voltar ao palco, ou seja, no verão passado (passei julho e agosto trancado com *Tristão e Isolda*), era esta: "O que farei com os grandes interlúdios orquestrais?", por exemplo, com os quatro minutos que transcorrem entre o momento em que ambos bebem o veneno e o momento em que ela lhe diz "Tristão!" e ele lhe responde "Isolda!". O mesmo acontece com a entrada de Tristão no segundo ato, que ainda não está completamente resolvida. A entrada de Marke é mais fácil, é ação. Mas para os outros momentos, que são vários, e muito longos – três ou quatro minutos –, é preciso não tanto resolver o problema com antecipação, mas ter algumas munições, uns cartuchos. É preciso ter propostas já prontas para os ensaios.

BARENBOIM

Em termos de gestual, de deslocamento?

CHÉREAU

É, a ideia que me veio, e que tem de durar por um movimento, é que depois de ter bebido o veneno, eles simplesmente se sentam e se põem a esperar o efeito sem se olhar. Em seguida, podem ser desenvolvidas outras situações, eles podem começar a se olhar, ou até evitar o olhar do outro, e descobrir pouco a pouco que o veneno não está fazendo qualquer efeito...

BARENBOIM

Eles não se olham. A tensão que você criou me parece fortíssima.

CHÉREAU

Por que eles deveriam se olhar? Eles nunca disseram um ao outro o que estavam prestes a fazer. Ele bebeu o veneno e a única coisa que o surpreendeu foi que ela também bebeu; assim, ele tem muito o que refletir. O fato de eles se olharem não os ajudaria a refletir. Se eu bebo um veneno e você também, e se eu fico olhando você desse jeito por três minutos, não vai acontecer nada. Preciso ficar a sós comigo para refletir sobre a situação. Aqui está a ideia, que brota da simples pergunta: "Como vou fazer? Como vou apresentar isso?".

BARENBOIM

Outra pergunta, totalmente diferente, ainda que não tão essencial no caso do *Tristão*: falamos da análise do texto feita juntamente com os cantores ao redor de uma mesa, da discussão sobre a psicologia dos personagens, da interpretação. Por outro lado, o que fazer com o coro? O método de trabalho deve ser muito diferente, por definição.

CHÉREAU

Neste momento estou relendo alguns dramas de Eurípedes. Em todos os dramas gregos (eles são o modelo, ali se encontram os primeiros coros), a origem do coro é sempre indicada: *Coro das prisioneiras troianas*, para *As troianas*; o mesmo acontece no caso de *Hécuba*. No caso de *Héracles*, existe um coro de anciãos da cidade aguardando diante do palácio. O coro do *Tristão* tem um papel simples, são os marinheiros do barco, e quando o barco não existe mais, o coro desaparece; por isso, está presente apenas no primeiro ato.

A sua reação quando viu o projeto no Ansaldo foi correta. Você me disse uma coisa interessante, por instinto, quase imediata. Eu mostrei a você o barco, a parede, depois lhe disse: "Lá, vai ficar a tripulação". Eu havia antecipado há muito que o coro estaria em cena. Você me disse: "Sim, claro, você vai mesmo fazer *une grande opéra*, como sempre foi". Mas agora não se tem mais a tendência de fazê-las, por questões econômicas, porque se pensa: "São só três cantores (ou cinco ou seis, pouco importa), são cinco cantores importantes e podemos fazer uma ópera de câmara", coisa que não corresponde à verdade, no plano musical. "É exatamente o contrário", você prosseguiu, "do que se faz com *Aida*, que é uma ópera pequena com a qual se realiza um espetáculo gigantesco nas representações". Um dia tive a oportunidade de falar de *Aida* com Luchino Visconti e ele me disse: "É preciso ver as dimensões do teatro do Cairo". O teatro de ópera do Cairo, que não existe mais, mas do qual temos as medidas, não é muito maior que o *Teatro Nuovo di Spoleto*, pelo contrário, acho que é até um pouco menor. E *Aida* era representada ali, a orquestra nem era tão grande, não havia pompa, os trompetes estavam atrás, nos bastidores etc. Portanto, a ideia do coro no *Tristão* vinha do fato de que ele adquire uma dimensão no primeiro ato, ao que se soma uma observação realista de que não existe barco sem tripulação; *O navio fantasma**, que é uma outra ópera, é feito de um outro jeito. Por isso, sempre pensei que a tripulação deveria estar presente.

BARENBOIM

E o seu trabalho com a tripulação?

---

* Ou *O holandês errante*, como também é conhecida a ópera *Der Fliegende Holländer*. (N. T.)

CHÉREAU

Não tem só a tripulação, mas também outro coro que espera na margem, composto por aqueles que depois vão arrastar o barco para a terra. O final é espetacular, ultra-alegre. Estão todos os componentes do coro masculino do La Scala (25 sobre o navio, mas sessenta no total), mais a música de cena na *loggia*. Tudo isso está na partitura. Em certas montagens, os músicos, os metais estão sobre o palco, mas não o coro. O final do primeiro ato é sensacional. É um grande momento do espetáculo porque, quando o barco chega, os protagonistas estão um nos braços do outro, e diante de todos declaram o seu amor, a sua gratidão, cantando a plenos pulmões. Trata-se de um *coup de théâtre*, porque somos levados a uma solução sensacional, diferente do que ocorre no segundo e no terceiro ato. De fato, pode-se dizer que os finais dos três atos vão num *diminuendo*: o segundo termina numa espécie de suicídio e num acorde musical incrível, o terceiro termina num vazio.

BARENBOIM

Há um *decrescendo*.

CHÉREAU

Certamente sim. Uma redução dos recursos musicais, em todo caso.

BARENBOIM

Para fazer os ensaios, para dirigir o coro, que método você seguiu? Você foi levado a um processo diferente daquele que utiliza com os cantores solistas?

CHÉREAU

Nos coros de *Tristão* a dificuldade é que os coristas não estão presentes o tempo todo e não cantam sempre. Nos ensaios não é fácil, pelo contrário, é até frustrante porque há pouca música para cantar e pouca atividade do coro. Então eu fiz os atores se comprometerem. Pude experimentar com eles, que eram um grupo formidável, fazer cenas em detalhes (observar Isolda, dar-lhe de beber), unir os cantores que vivem na mesma prisão sobre as águas, e enfim misturá-los ao coro.

Outro problema é que não se pode ter sempre gente demais sobre o barco, porque às vezes é necessário um ambiente mais íntimo. Eu não me atrevi a fechar e tornar a abrir a grande porta de ferro no fundo do barco (farei isso da próxima vez). Eu poderia ter fechado a grande porta uma vez, assim não se teria visto mais ninguém. É o que tentarei fazer, de modo que em certos momentos não há mais ninguém sobre o barco. Não se pode ver todos o tempo todo. Não é fácil determinar o nível de intimidade, talvez porque tenhamos sido acostumados a uma grande intimidade no primeiro ato, ao passo que aquilo que nos é útil é uma ausência de intimidade. A crise de Isolda explode diante de toda a tripulação, Wagner escreve que Brangäne passa em frente de toda a tripulação para ir até Tristão. Portanto, existem pessoas que circulam, que olham, que a observam. É evidente que é necessário colocá-las em cena. A dificuldade é encontrar uma relação equilibrada entre intimidade e presença pública. A certa altura, eu fiz os marinheiros aparecerem, no momento em que está escrito no texto, quando ela pede para abrir as cortinas: *Luft!* (Ar!). Talvez naquele momento eu tenha até exagerado, é possível. Vamos ajustar isso melhor quando retomarmos a ópera.

2.

A REPRESENTAÇÃO

A dialética do segundo ato. Ambiguidades de Tristão. Gestual dos cantores e credibilidade psicológica. Margem de liberdade entre um espetáculo e outro.

CHÉREAU

Nunca coloquei os símbolos em cena, nem sei o que é isso. Eu coloco em cena pessoas, corpos de verdade; e depois os seus diálogos, as suas discussões. Buscamos inspiração nas cenas de ruptura, de descoberta, de entendimento, de reencontro, mas também no cinema (*Cenas de um casamento*, de Bergman, os filmes de Cassavetes...) e nas nossas lembranças.

A dialética do segundo ato, por exemplo, é desconcertante. É preciso se identificar com as palavras, assumir o papel dos personagens e entender o que eles querem, como se ouvem, como se sentem, como discutem, como reagem, como se enfrentam. Em certos momentos, Isolda diverge energicamente de Tristão. Em seguida eles enfrentam a questão-chave sobre a qual nenhum dos dois tem uma resposta definitiva: por que Tristão convenceu Marke – e o próprio Marke vai dizer isto – a se casar de novo. Tristão lhe falou de Isolda, convenceu-o a tomá-la como esposa e ele mesmo se propôs a ir atrás dela. E aqui se abre um precipício... Porque no texto existem pelo menos três interpretações diferentes deste episódio.

No segundo ato ela lhe pergunta: "Por que você veio me procurar?". No início, está criada uma situação de grande tensão, porque é apresentada uma mulher que diz a um homem: "Eu queria matar você. Dei-lhe veneno porque queria matar você". Ele segura suas mãos e lhe diz: "Mas na sua mão eu vi o meu futuro, que é a morte, e estava tudo muito bem". Num momento posterior ela lhe pergunta por que ele havia decidido daquela maneira e por que tinha ido procurá-la. E ele lhe responde com um raciocínio artificioso, complicado, não inteiramente convincente. E, depois ainda, no final do segundo ato, Marke vai dar uma outra versão.

Assim sendo, se existem três versões da mesma história, quer dizer que Tristão não é sincero nas suas declarações. É provável que a real motivação seja masoquista: ele foi procurá-la em nome de outro apenas para conseguir vê-la de novo. Faz dez anos que ele não a vê e, para averiguar se o amor deles é impossível, ele decide voltar a procurá-la.

O texto teatral de Paul Claudel *Le partage de midi* [*A partilha do meio-dia*] é uma paráfrase do *Tristão*. O primeiro ato se desenrola num barco, o segundo num cemitério chinês (e não numa floresta). O terceiro ato, a seu turno, atribui ao personagem principal uma mensagem que em síntese poderia querer dizer: "Queria-o porque era impossível". A interpretação de Claudel joga uma luz sobre muitos aspectos do *Tristão*: coisas verdadeiras, coisas da vida, coisas da nossa vida.

Nunca trabalho com os símbolos, mas procuro sempre entender o que as pessoas verdadeiras querem. E, quando elas mudam, eu me pergunto por que aquilo acontece. Tristão e Isolda partem das duras críticas feitas por ela e chegam a uma linguagem comum.

E aí o que é magnífico (também musicalmente) é que em alguns momentos o enlevo deles parece quase sexual, seu entusiasmo, irrefreável: como acontece depois de terem bebido o veneno, quando se reconhecem, ou no início do segundo ato, quando cantam juntos na chegada de Tristão. Mas aquela energia, que é sensual e também sexual, se transforma sempre rapidamente numa discussão de tom completamente diferente sobre o porquê das coisas. Não se está mais num contexto adolescente, como acontece, por exemplo, no primeiro ato d'*A valquíria*. Aqui estamos diante de um acontecimento entre adultos: pessoas que viveram e que sabem, ou não sabem, o que é o relacionamento com o outro e que terminam esperando poder morrer juntos. A única energia que resta a Tristão no terceiro ato é para não morrer até a chegada de Isolda; e ele consegue, resiste. São coisas que realmente acontecem na vida. Quando se toma uma decisão, pode-se ficar vivo até o último segundo. Como alguém que está escrevendo um livro e que, quando o termina, morre.

Uma outra coisa insólita no terceiro ato é que todos procuram trazer Tristão de volta do seu delírio, mas não existe nem sinal de alucinação. Todos acreditam que está fora de si porque ele continua a dizer: "Isolda está viva e Isolda está chegando".

Mas é aquilo mesmo que acontece no final. Ela aparece, viva, e Tristão diz a todos: *Wusst'ich's nicht? Sagt'ich's nicht?* (Não sabia? Não disse?).

Então por que chamar isso de alucinação? Não sei. Tristão é uma pessoa que vê antes que os outros, é um vidente.

BARENBOIM

Existe uma diferença profunda entre as nossas profissões: a música se faz com o som, enquanto a encenação se faz com os gestos e com uma reflexão sobre o gestual. O gesto é o equivalente do som, todavia não existem leis físicas às quais obedecer. O som, por sua vez, é vinculado a leis físicas: a duração, a profundidade.

CHÉREAU

O gesto também tem suas leis físicas, mas nem sempre os cantores as conhecem. De mais a mais, nem mesmo os atores. O gesto pressupõe um trabalho sobre o apoio, sobre os pés, sobre as pernas, quando se está ereto. Ian, por exemplo – não estou fazendo uma crítica a ele e ele poderá se corrigir –, não sabe ficar bem de pé. Apoia-se sempre na mesma perna, num pé só. Observo seus pés e lhe digo: "Apoie os calcanhares e crie raízes, apoie-se no chão". Mas ele não sabe fazer isso...

Ainda que os atores estudem como utilizar o próprio corpo, como controlar o gestual, infelizmente, nem mesmo eles têm sempre uma técnica genuína!

3.

OS PROTAGONISTAS DO *TRISTÃO* NO LA SCALA

Dois intérpretes radicalmente diferentes: Waltraud Meier e Ian Storey. O terceiro ato: um tour de force *de Tristão. Tensão entre representar e cantar. O espírito de equipe.*

CHÉREAU

Fiz *Tristão* com intérpretes diametralmente diferentes, dois cantores com percursos profissionais diversos. Por um lado, Waltraud Meier, que participou de inúmeras montagens do *Tristão* em vários países; por outro, Ian Storey, que interpreta este papel gigantesco pela primeira vez.

Os dois casos, as duas situações, têm vantagens e inconvenientes completamente peculiares. Em primeiro lugar, não se diz que os dois personagens se parecem. Quando se analisa corretamente o texto, se vê que as duas personalidades são opostas e têm um *background*, um passado, totalmente diferente; até a maneira de reagirem é contrastante. Eles encontram, é verdade, um campo de entendimento, mas o profundo entendimento entre as duas personalidades está longe de eliminar as diferenças. O verdadeiro entendimento não é dizer: "Somos uma só carne". Num certo sentido eles dizem isso, mas as profundas diferenças permanecem.

Todo o trabalho do primeiro e do segundo ato, servindo-se de conflitos e discussões, é utilizado para atingir uma linguagem comum ou um acordo comum; seria possível até dizer que está voltado para o encontro de um acordo a respeito de uma linguagem ou de uma ideia repetida muitas vezes de modo diferente. Não se trata apenas da morte: trata-se de atingir a possibilidade de não acordar mais, o que é bem diferente.

Portanto, na montagem, estas duas personalidades devem ser constituídas, tanto por uma oposição em relação à outra quanto pela proximidade entre elas. O interessante é que os nossos dois cantores eram exatamente o oposto um do outro, e de um modo estimulante. Acredito que nisto tivemos sorte.

Waltraud, mesmo tendo uma longa experiência no papel de Isolda, manteve a capacidade de se surpreender diante de um jeito ligeiramente diferente de conceber ou de analisar o texto e a sua personagem. Ela está aberta a tudo. Ela colocou à minha disposição o seu conhecimento da ópera, mas não os seus preconceitos, nem – o que é correto – a sua interpretação. Waltraud tem um conhecimento da ópera superior ao meu, como você, Daniel, e apesar disso não tem a presunção de uma interpretação já pronta, pelo contrário. Ela está aberta às novidades e nunca se entrincheirou atrás de afirmações do tipo: "Cuidado, me parece que neste ponto a música quer dizer alguma outra coisa!". Assim, ela representou para nós um indispensável complemento de análise, dotada de uma enorme abertura mental e de uma gigantesca capacidade de realização cênica; além do mais, ela nunca criou problemas por ter de estar de frente (isto sempre...), de perfil, de costas, em pé ou de joelhos. Enfim, reagia com excepcional rapidez às diversas posições em que eu lhe pedia que ficasse.

Há muitos anos, para a *Liebestod* (morte de amor)[5], Thierry tinha me sugerido dar uma olhada numa passagem do filme *O piano*, de Jane Campion, na cena em que Holly Hunter cai e se estatela no chão, quando lhe cortam um dedo com um golpe de machado. Não tinha conseguido ver a cena por falta de tempo. Mas Waltraud e eu continuávamos insatisfeitos com a cena final. Alguns dias depois, para a segunda apresentação, consegui ver aquela passagem do filme. A protagonista desaba no chão com muita magia. No dia da segunda ou terceira apresentação, eu

---

5 *Liebestod* ou "morte de amor" ou "canto de morte", como ficou conhecido, é o trecho cantado por Tristão e Isolda no final da cena II, do segundo ato, da ópera *Tristão e Isolda*. (N. T.)

disse a Waltraud: "Por favor, chegue cinco minutos antes, porque quero lhe mostrar um DVD". Ela simplesmente observou aquela queda. Depois ela também a executou, na *Liebestod*, adaptando a cena e perdendo o equilíbrio, até com elegância, antes das duas últimas palavras. Ela se pôs de joelhos e depois tornou a cair com doçura, muito lentamente. Ela conseguiu fazer aquele final de cena de um jeito completamente diferente em relação àquilo que sempre havia feito.

É isso! Waltraud tem uma capacidade de reação de uma rapidez formidável.

Eu vou lhe passar ainda algumas sugestões sobre o primeiro ato, e estou convencido de que, possivelmente, ela vai conseguir modificar a sua atmosfera emotiva. Porque antes de cada apresentação ela fica ansiosa por alguma dica minha. Ela faz parte daquelas atrizes – e é uma verdadeira atriz – ávidas por novas propostas. Eu falo com ela e as suas reações podem ser imediatas.

Pelo contrário, Storey é de uma placidez espantosa, ele é...

BARENBOIM

Imperturbável.

CHÉREAU

Sim. Qualquer outro poderia perder a cabeça ou teria se impressionado pensando: "Caramba! Fui escolhido para fazer *Tristão* por Daniel Barenboim, que me encaminha a Patrice Chéreau e faz que eu cante *Tristão* no La Scala pela primeira vez na minha vida".

Bom, ele decorou seu texto em condições muito boas. Depois chegou aos ensaios, e estava pronto. Estava pronto para os dois primeiros atos em julho e no fim estava preparado também para o terceiro, quando começamos a trabalhar nele, em 15 de outubro. A sua preparação musical era ótima, graças a James Vaughan, o primeiro maestro substituto do La Scala, e também graças ao seu empenho.

Ian é muito preciso no plano musical e, além disso, tinha trabalhado muito. Qualquer outro poderia dizer: "Isto eu não posso fazer!". Porque, como antecipei, comecei do terceiro ato e estabeleci objetivos muito elevados. Acho que foi uma boa solução começar do terceiro ato, assim ele não teve de se confrontar logo com Waltraud.

Talvez tenha havido um efeito de intimidação, que depois desapareceu, mas que a princípio tinha um sentido real, dado que ela tinha uma vasta experiência nesta ópera, enquanto ele, pelo contrário, nunca a havia interpretado. Uma coisa é cantar a ópera inteira sozinho, no piano, com James; outra é cantar descobrindo que existe uma segunda voz, ao lado da sua, nos próprios ouvidos, para os duetos. Inicialmente, isto o fez suar frio, mas é normal.

Ele demonstrou grande disponibilidade e muita responsabilidade quanto ao problema do terceiro ato, onde não só é necessário cantar, mas também construir um personagem que volta progressivamente à vida: um vidente, um visionário, que sabe que deve destinar as energias que restam apenas para esperar e se manter vivo até a chegada dela. E depois tem aquela longa narrativa feita pelo corne-inglês, que evoca lembranças e o leva de volta à infância, dando-lhe por fim as chaves da sua dor, profunda e imutável, que não o deixará, que nunca será substituída.

Ian tem sido um intérprete muito atento a isso e sempre disposto a encená-lo. Acho que no plano cênico a sua melhor interpretação é mesmo a do terceiro ato, ao menos sob o meu ponto de vista. De todo modo, a tensão que se processa entre quem já fez esta ópera muitas vezes e quem nunca a fez foi sempre muito proveitosa, sempre fértil.

BARENBOIM

Enquanto ela poderia se entrincheirar nas suas experiências anteriores.

CHÉREAU

E ele também poderia me dizer: "Espere, primeiro tento cantar, depois vamos ver se posso fazer tudo". René Kollo, depois de todos os ensaios de *Siegfried* feitos conjuntamente em Bayreuth, no dia da estreia me disse, meio brincando: "Fiquei muito contente de trabalhar com você, mas desculpe, agora preciso cantar". Isso uma hora antes de começar. Waltraud também poderia ter-me dito o mesmo, mas não o fez.

Outra coisa que não se pode prever, mas que aconteceu e não se deve nunca esquecer, é que numa montagem existe sempre uma parcela entregue ao acaso. Existia a possibilidade de que eles não se entendessem. Storey continuava intimidado por Waltraud, e ela continuava a dizer: "Vi tantos passarem pelo papel de Tristão...". Na verdade, acho que ela estava à vontade com ele, e agora ele tem plena confiança nela. Acredito que ela o ajudou muito.

Que lição podemos tirar de tudo isso?

Estou convencido da importância do acaso e também do fato de que os acontecimentos, no fim, se combinam de um modo que não podemos prever. Alguma coisa poderia não ter funcionado. Ainda que raramente, já me apareceram cantores – tanto homens quanto mulheres – que me danaram a vida com as suas recusas, não tanto quanto à minha direção, mas quanto às pequenas novidades. Pode acontecer, todavia é raro que ocorra com Wagner. De fato, é de se pressupor que nas óperas de Wagner se deva refletir sobre as palavras que são ditas. O que não acontece sempre com as outras óperas.

BARENBOIM

Pode-se dizer o mesmo também para *Lulu* e *Wozzeck*.

CHÉREAU

Sim, para todas as óperas posteriores a Wagner, mas não para as anteriores. É possível que existam cantores que interpretam

Mozart e que infelizmente não se questionam sobre o texto, nem sequer sobre aqueles pontos onde a cultura dramatúrgica de Mozart é evidente. E Mozart é hábil sobretudo na colocação em cena dos conjuntos, incrivelmente inventivos. Aprendi isso graças a você, quando fizemos *Don Giovanni*. Os conjuntos são sempre muito inventivos do ponto de vista dramático e os finais dos atos, sempre magistrais. Todavia, nos conjuntos, às vezes, força-se a vontade dos cantores: participam, porém, sem estarem plenamente conscientes. Contudo, é exatamente aí que se cria a percepção da ópera. Em Wagner é mais difícil, na minha opinião.

BARENBOIM

Não quero tirar nenhum mérito de Ian, e, claro, nem mesmo de você, mas durante os ensaios nós dois estávamos juntos. Perseguíamos o mesmo objetivo no palco e na música. E isso ajuda muito. Porque, quando a representação e a música ficam separadas em dois mundos, tudo fica dez vezes mais difícil para os cantores. Os cantores devem sentir sinceramente que existe um espetáculo a ser montado feito de música e de representação. E que todas as pessoas envolvidas convergem para o mesmo objetivo. Isto ajuda e evita conflitos.

CHÉREAU

Sim, mas se trata de um acordo ao qual se pode não chegar, também. De determinado momento em diante, desenvolveu-se um espírito de equipe. E foi uma tranquilidade, porque nem sempre consigo isso.

BARENBOIM

Às vezes os cantores com os quais você trabalha são também atores muito bons, sabem se movimentar em cena e sabem se exprimir com o corpo, como Waltraud. Você dá vida aos movimentos cênicos dos personagens: como se movem, como se viram etc. Quanta liberdade você está disposto a dar aos intérpretes, de um espetáculo para o outro, não para mudar, mas para fazer de modo diferente estes movimentos cênicos? No plano musical, é evidente que estabelecemos o que precisa ser feito, mesmo assim dou bastante liberdade aos músicos. Define-se o caminho, a velocidade, a dinâmica, mas toda vez, a cada espetáculo, a execução é diferente, é viva, mutável.

Já que você é muito preciso em tudo aquilo que faz, quanta liberdade está disposto a dar aos cantores?

C*héreau*

Antes de mais nada dou liberdade nos ensaios, mas eles devem saber recebê-la. Se Waltraud me diz "Não é necessário fazer este deslocamento agora, acho que fica melhor num outro compasso", e me dou conta de que a proposta é lógica, mudo o movimento. Ela conhece melhor do que eu a extensão, a duração da ópera e sabe que é necessário economizar os movimentos. Sempre se faz os movimentos muito cedo. Então, sejam bem-vindas as propostas. Por isso, se eles assim desejam, a liberdade é total.

B*arenboim*

Estava me referindo às reapresentações, de um espetáculo para o outro. Quando você já fez todos os ensaios e chegou a estreia, é claro que certas cenas estão blindadas. Decidiu-se fazer de determinado modo, e é assim que se deve fazer. Mas cada espetáculo é uma nova experiência.

C*héreau*

Nesse caso você está se referindo a uma experiência que ainda não fizemos.

B*arenboim*

Não, quero dizer em geral.

CHÉREAU

Esta noite poderemos ter um esboço de resposta, porque na estreia, em relação ao ensaio geral, tivemos um excesso de concentração da parte de todos. Com a segunda apresentação, notei um déficit de concentração, comparado à estreia. Tudo se enfraqueceu, inclusive Waltraud, tudo se tornou um pouco desbotado, nada alcançava o objetivo fixado. Agora, na terceira apresentação, hoje à noite, nove dias depois, espero ver as correções. Vamos ver o que sobrou e se a montagem tem uma estrutura, se ficou sólida.

A experiência me diz que a liberdade que os cantores tomam num primeiro momento não é interessante. Gostaria que fosse, mas não é sempre assim. Trata-se mais de imprecisões do que de liberdade: a liberdade pode vir apenas depois de se ter superado a imprecisão, e pode ser obrigatória. Depois se pode rever as decisões, o que geralmente acontece quando refazemos um trecho.

Na minha montagem, trabalha-se também em cima de pormenores curiosos. Por exemplo, levei semanas – e, para mim, não se pode fazer em menos tempo – na cena em que Ian/Tristão se levanta, estende a mão para Isolda e lhe diz (faço um resumo, para ser breve): *So stürben wir um ungetrennt*. Levei semanas para ter certeza de que eles não se levantariam no ritmo da música, recomendando para que acompanhassem a morosidade do som somente depois de se terem levantado rapidamente, e no último instante. A minha direção é feita disto também. Canta-se lentamente:

> *So stürben wir*
> *um ungetrennt,*
> *ewig einig*
> (Morreríamos assim
> para podermos, juntos,
> unidos eternamente),

mas não se deve obrigatoriamente acompanhar a música que vem antes, em que existe um interlúdio de alguns compassos. Falo sempre para os cantores: "Vocês devem imaginar que é tarde demais, que estão atrasados, e só quando estiverem em cima da nota podem pegar o tempo da música". É isso. Assim, trata-se de pequenas coisas, de pequenas coisas que podem se estilhaçar.

Por outro lado, é preciso fazer os movimentos compulsórios, como no *dressage* de cavalos, digamos. Não quero dizer nada de ofensivo. Os cavalos adestrados se lembram de todos os passos, de toda a sucessão de movimentos, um depois do outro, mas cada vez tendem a fazê-los um pouco mais cedo, um pouco rápido demais.

Agora vou dar um exemplo, sem usar maldade alguma nas comparações com Ian. Antes de *O sink hernieder* (Oh, desça aqui), a orquestra executa os acordes em arpejos. Eu os uso como um sinal para Isolda: ela deve dar uma parada, opor resistência, não ir aonde ele quer conduzi-la. Uma vez que Ian sabe destes acordes, ele tem a tendência de também dar uma parada, no mesmo instante. No entanto, ele não deve seguir a música. Mas calha de ele também tomar como referência o mesmo ponto e, em vez de reagir ao fato de que ela se esquiva e resiste, ele se move na mesma direção. Assim, o gesto não mais é compreensível. Quando se puxa alguém pelas mãos, a pessoa se detém e vai para trás. Depois se vira, como se dissesse: "Por que você não quer vir para onde estou levando você?". E ela responde, recomeçando a caminhar. Mas se fazem isso juntos, não tem mais sentido.

Na encenação, é real o risco de que tudo se quebre em pedaços inexoravelmente, aos poucos. Isto é para mostrar que ainda não é tempo para certas liberdades. Prefiro o constrangimento de ter de repetir sem parar, para os cantores, quais são as intenções, a fim de que se lembrem na hora, a dar uma liberdade que levaria apenas a uma maior inconsistência.

BARENBOIM

Entendo. Mas a minha pergunta não se referia especificamente a esta ópera ou a esta montagem. Peguemos o exemplo de uma ópera que vai ser encenada às oito da noite de uma terça-feira. Na reapresentação da sexta-feira ou da semana seguinte, o momento é diferente, porque a tensão de cada intérprete é diferente. Trata-se realmente da relação entre o trabalho preliminar com que você mesmo se preparou para a encenação, mais o trabalho que fez durante os ensaios, e o momento final do espetáculo, em que tudo deve parecer a coisa mais natural do mundo.

Musicalmente, por exemplo, existem questões duzentos por cento resolvidas; refiro-me aos cantores, mas também à orquestra. Ou às ênfases, que devem estar num determinado lugar e não em outro. A ênfase é no terceiro compasso e não pode cair no quarto. Num determinado momento do espetáculo não posso colocar ênfase no quarto compasso só porque eu quero. Existem aspectos que exigem um rigor total e, ao mesmo tempo, uma certa liberdade. Porque, cada vez que você começa uma peça musical e deixa que o primeiro som se produza, os músicos estão em boa parte à mercê do próprio destino, que você não pode dirigir e que se manifesta livremente. Por isso, alguém já disse uma frase que eu sempre cito e que é bastante trágica: "Os ensaios servem para ter duzentas maneiras de dizer não, com a esperança de uma vez poder dizer sim". E este "sim" difere de concerto para concerto!

Esta também é a razão pela qual eu me pergunto até que ponto no seu trabalho de direção pode haver um paralelo com tudo isso.

CHÉREAU

Existe e não existe paralelo. Pela simples razão de que você dirige os ensaios e as apresentações, enquanto eu não posso jamais dirigir os intérpretes durante as apresentações. Só posso fazer isso durante os ensaios. Durante o espetáculo, está tudo só nas suas mãos. Mesmo que eu fizesse um monte de gestos a partir dos bastidores, não mudaria nada. Portanto, não existe um verdadeiro paralelismo.

Além do mais, é preciso ser muito competente para se ter alguma liberdade. Só Waltraud pode conseguir isso, porque ela conhece perfeitamente a ópera. E, por isso, está atenta a tudo. Ela conhece doze ou vinte maneiras de interpretar esta música, sendo ainda completamente fiel ao texto.

DRAMATURGIA

1.

RELAÇÃO ENTRE PALAVRA E MÚSICA

Ainda sobre a duração das cenas. A orquestra prepara as atmosferas. A postura adequada da direção diante da música descritiva.

CHÉREAU

Supõe-se que a questão-chave em Wagner seja a duração. Nos ensaios, pode-se fazer uma cena num determinado momento, caso se tenha em mente com certeza o seu lugar dentro do ato, o que ela altera, como ela transforma a duração do próprio ato, e caso se consiga imaginar, ter diante dos olhos não um detalhe, mas a totalidade de um ato.

Por exemplo, quando fiz *O anel*, eu sempre dizia que a minha força – e não era pouca, porque fiz *O anel* em dois meses e meio, tudo de uma vez – estava em conseguir fazer um ato inteiro a partir de uma visão panorâmica. Aí, se tivesse tempo, eu descia aos detalhes, mas só se tivesse tempo. Antes de tudo, era necessário ter a visão de conjunto. A própria estrutura dos atos de Wagner constitui para mim um problema obsessivo, porque tenho medo de não alcançar a sensação de totalidade. Nos ensaios, o tempo de duração permite descobrir, de repente, que um certo aspecto é um detalhe inútil e que em Wagner, em geral, sempre se faz tudo muito rápido.

BARENBOIM

Até musicalmente. Em Wagner existem os *crescendo*, as *Steigerungen*, os tensionamentos; e se tem a tendência de fazer tudo isso sempre muito rápido e com muita pressa.

CHÉREAU

E aí se chega ao fundo do poço. No caso da direção, por exemplo, descubro que sobraram dez bons minutos de música e não me dei conta. Ainda hoje estou tentando juntar o resultado da análise feita previamente, por quase um ano, com o trabalho durante os ensaios; são duas coisas diferentes e nem sempre se ajustam entre si.

Tristão pode ser um bom exemplo, por ser tão complexo e colossal. A sua complexidade impõe a análise: como se articulou o texto e a música, como as palavras foram escolhidas, de forma consciente... Mais que em outros compositores, muito mais, cem vezes mais.

Existe uma dramaturgia em Wagner. Só no texto, já existe uma dramaturgia, um pensamento sobre o teatro. Uma ideia de como construir uma história, uma filosofia (precisamente em *Tristão*). Existe um aprofundamento em cada aspecto, e isso também é uma novidade de Wagner. Depois veio Strauss, que escolheu ótimos autores de libretos, como Hofmannsthal e Stefan Zweig; ou Berg, que escolheu Wedekind ou Büchner. Antes, o trabalho do libretista era outro.

BARENBOIM

Exceto Da Ponte.

CHÉREAU

Em parte, mas não no mesmo nível de Wagner. Ainda mais considerando que Wagner escreveu sozinho os seus libretos. Assim, ao escrever, tinha em vista uma prosódia, uma determinada linha musical.

Sempre vou defender os textos de Wagner, porque é possível se apoiar neles. Em outras palavras, eles podem ser obscuros, mas nunca fracos. São como um bom móvel, do qual se pode dizer: se eu me sentar sobre ele, não vai se quebrar. E a música está firmemente ligada às palavras.

BARENBOIM

Por exemplo, no segundo ato, depois da primeira cena entre Brangäne e Isolda, a música não dá sinal da chegada de Tristão. Em seguida, quando Tristão e Isolda continuam conversando, não há uma preparação musical que introduza ao canto, é como um recitativo. Se você pega outra ópera, a introdução antecipa com uma melodia não só o tema, mas até mesmo o estado psicológico do personagem, e o apresenta antes que ele abra a boca para cantar. No *Tristão*, a introdução do personagem acontece sempre com uma fusão entre palavra e música, num único elemento, desde o início.

O único momento em que há uma preparação, no segundo ato, é quando Tristão e Isolda cantam *O sink hernieder* (Oh, desça aqui). Me parece bastante interessante: entre a primeira e a segunda cena, a música é abertamente descritiva, é uma música de filme, no melhor sentido da palavra, preparatória. Sente-se que alguém está para chegar. É como nos filmes de Hitchcock. É só Tristão chegar e ele diz "Isolda", e ela diz "Tristão". Juntos, eles dizem *Geliebter* (amado/a) e depois a música continua como descrição do estado de espírito deles. Quando voltam a cantar, depois de *Bist du mein? Hab ich dich wieder?* (Você é minha? Você está comigo de novo?), não existe mais preparação. Assim, uma frase segue a outra, com extrema velocidade e sem deixar tempo para que a música participe, a não ser nas notas em que ela canta. No segundo ato, praticamente não existem compassos vazios, sem texto.

CHÉREAU

Até o *O sink hernieder* (Oh, desça aqui).

BARENBOIM

E então, de repente, tudo se acalma.

Há um momento de transição, de preparação, antes de *O sink hernieder*. Uma vez encontrada a colocação e a tonalidade correta – lá bemol maior – existe uma espécie de introdução de oito compassos feita pela orquestra antes que eles comecem a cantar. É o único momento. Até então não existiam outros. Existe uma simultaneidade entre música e texto, o que é inusual em Wagner. Não acontece com frequência na sua música: geralmente se sente que a orquestra preparou a entrada e o estado emotivo dos personagens. Mas não no segundo ato do *Tristão*.

CHÉREAU

Não tenho certeza de que é tão incomum assim. Acredito que Wagner faz uma clara distinção entre os momentos em que a música se antecipa e aqueles em que ela dialoga compasso a compasso.

Às vezes, existem personagens que voltam e aí se tem um momento de narração. Por exemplo, a chegada de um personagem constitui uma maneira de iniciar uma história – existe isso tanto n'*O anel* quanto no *Tristão* – ou serve só para fazer uma referência, uma descrição de um evento passado.

BARENBOIM

Em Wagner, através dos meios sonoros, existe uma descrição dos objetos (a natureza, o rio ou a floresta), dos acontecimentos e dos personagens (a descrição de um estado de espírito). São três meios diferentes, que ele utiliza a fundo, de modo premeditado. Acho que existem momentos em que a música é a expressão mais íntima, mais profunda dos sentimentos. Mas também há momentos em que a música é puramente descritiva.

CHÉREAU

Em tais momentos a tarefa do diretor não é nem um pouco simples. É preciso acompanhar a música ou, em vez disso, se servir dela de um outro jeito? É uma escolha difícil. Pode-se tentar acompanhar, mas não tenho uma teoria exata sobre isso. Às vezes eu sigo a música, outras, pelo contrário, eu tento utilizar de um jeito diferente os trechos puramente descritivos. Às vezes se pode imitar a música, como nas coreografias. Outras vezes se consegue dar estímulos aos personagens na ação.

2.
O LIBRETO DO *TRISTÃO*

Arranjo entre texto e música. Evolução permanente. Familiaridade e dinâmica entre os diversos personagens. Relação entre consoantes, vogais e acentos.

BARENBOIM

Patrice, na sua opinião, por que os textos de Wagner em geral, e o de *Tristão* em particular, são muitas vezes criticados como se não fossem de um nível elevado?

CHÉREAU

As ideias são de um alto nível, mas as palavras usadas nem sempre. Apesar disso, acho o texto do *Tristão*, comparado ao d'*O anel*, mais profundo e escrito até com palavras mais simples. O próprio Wagner baixou a guarda para as críticas e beirou o ridículo querendo imitar a poesia alemã da Idade Média, com um acúmulo de aliterações e uma escolha lexical decididamente excessiva. Ele une as palavras e faz com elas uma espécie de enfeite ou pasticho.

Durante *O anel* tive a sorte de ler a tradução com o original ao lado, uma vez que o alemão não é a minha língua materna. Acho que penetrar num texto de Wagner, e não apenas no d'*O anel*, é mais difícil para um alemão do que para um francês. Realmente, eu tive a sorte de não ir pelo caminho do ridículo instantâneo e da superficialidade literária. Por outro lado, Wagner sabe também construir um texto de modo sólido, sabe fazer um diálogo, até chegar à sofisticação extrema do diálogo do segundo ato do *Tristão*, que não estou seguro de ter compreendido plenamente, mas que apresenta uma dialética fascinante. E aí, uma vez superados um certo exagero ou, às vezes, um considerável empolamento verbal, descobrem-se ideias que sempre são de um interesse profundo. A diferença está aí.

Às vezes as palavras baixam a guarda para a crítica, mas as ideias e a organização das cenas são sempre fortes. Wagner leu as tragédias gregas e também Shakespeare. As cenas entre o rei Lear e Cordélia são recuperadas nas cenas do segundo e do terceiro ato d'*A valquíria*, entre Wotan e Brünnhilde. Wagner foi beber nas melhores fontes, ele as entendeu e compreendeu.

Por isso eu penso que nas suas óperas se encontram alguns dos melhores textos de teatro que eu já encenei. Em Wagner, sempre se consegue fazer duas pessoas verdadeiras dialogarem, discutirem e agirem sobre o palco. Em alguns casos, trata-se de um exercício complexo, porque algumas cenas a dois podem durar até quarenta minutos, como no *Tristão*. Valorizo cenas deste tipo, entre outras. Gosto deste tipo de dificuldade, de desafio. De todo modo, graças à construção do texto e à sucessão das ideias, pode-se aguentar assim mesmo estas cenas, porque elas têm em si uma finalidade, uma resolução.

É exatamente o oposto da clássica ária de ópera, que em princípio nunca resolve nada. Nas óperas anteriores a Wagner, a resolução das situações dramáticas estava no recitativo, enquanto a ária fixava e articulava uma situação psicológica.

Mas, em geral, a ária prende a ação teatral, salvo algum artifício particular, como o *recitativo accompagnato* (recitativo acompanhado), que às vezes antecede e conduz a ária, mesmo fazendo parte da ação: trata-se de uma ação que depois se imobiliza na ária.

BARENBOIM

No *Tristão* não existe quase nunca uma ária, exceto no final, na *Verklärung* (transfiguração) com Isolda. Mas durante a ópera há um desenvolvimento permanente da linha vocal. Qual o sentido desta escolha do ponto de vista da representação teatral?

CHÉREAU

No último ato, as duas grandes passagens de Isolda, que não sei como denominar – a primeira quando ela chega e depois a *Liebestod* (morte de amor) ao final da ópera –, constituem um conjunto dialético fantástico, porque uma é o contrário da outra. Quando ela aparece e se atira sobre Tristão, que está para morrer, seu canto ainda possui o caráter de protesto, da discussão pesada, enquanto traz de volta o passado entre críticas e condenações, como no começo do segundo ato.

Isolda está, num certo sentido, um passo atrás em relação ao caminho que trilhou com Tristão. Ela é uma pessoa que se queixa, que nos lembra a Isolda do primeiro ato; quer que ele não morra, quer possuí-lo, tê-lo junto a si. E, com frequência, em outras representações, ela desmaia, mas não na minha montagem. Ao contrário, na *Liebestod*, ao final da ópera, Isolda se desprende, está exatamente na situação oposta à anterior.

Assim, não digo que seja fácil encenar, mas é uma situação em cima da qual se pode construir: mostrar uma pessoa que tem uma reação deplorável – embora normal, aquela que todos teriam – e que se retira do percurso que estava fazendo, mas que, depois do vazio do desmaio – por assim dizer –, volta a se colocar no caminho e a ficar além do estado de reflexão que foi atingido antes, junto com Tristão.

Tem grande interesse na análise do texto saber quem está à frente de quem. Em teatro, esta é sempre uma pergunta útil a se fazer. Quem está à frente de quem? Quem sabe mais do que o outro? Ou quem tem uma intuição mais rápida do que o outro? Às vezes as respostas não são óbvias, mas instrutivas.

As únicas pessoas a quem se pode fazer estas perguntas são Tristão e Isolda. Os outros personagens não entendem o que está acontecendo realmente. Por exemplo, Brangäne e Kurwenal ficam totalmente alheios. Não sabem de nada. Por isso as perguntas "Quem está à frente de quem? Quem sabe mais do que o outro?" podem ser feitas diretamente apenas a Tristão ou a Isolda. Mas Isolda se engana e Tristão se cala.

BARENBOIM

No texto de Wagner, um problema a mais para os cantores é que a língua alemã oferece uma enorme liberdade de escolha, que muitas vezes eles mesmos não sabem usar. Trata-se da liberdade da relação entre as consoantes e as vogais, uma relação muito mais complexa em comparação com a que se tem no italiano, no francês ou até no russo. Muitas vezes em alemão as consoantes são mais pesadas do que em outras línguas. É claro que, para obter uma concordância com a música, o cantor deve se livrar – por assim dizer – das consoantes antes das vogais, para que o som possa recair sobre o eixo vertical da vogal. Mas não é um acento. A chegada, o *placing*, a colocação da nota deve ser sobre a vogal.

Existem todos aqueles "sch", todas aquelas consoantes, às vezes três ou quatro. Por exemplo, *Schwert* (espada). Eu devo colocar o acorde da orquestra sobre o "e", não sobre o "sch", senão não há correspondência com o canto. O cantor tem a liberdade de escolher com que velocidade vai pronunciar o "sch", o "we" e com qual relação dinâmica. Por exemplo, para uma execução correta, quando está escrito *subito piano*, não deve constar *piano* para as consoantes, do contrário não teremos o *subito piano*. Os cantores têm de conseguir fazer as consoantes *forte* e a chegada nas vogais *piano*. E tudo isso não está escrito: é uma grande liberdade de que dispõem os cantores, mas pouquíssimos entre eles sabem utilizá-la realmente. Era a grande arte de Fischer-Diskau. Não é um problema só para os estrangeiros que cantam em alemão, mas também para os próprios alemães, porque eles não pensam nisso. Para eles, falar é completamente natural e se esquecem de que não se pode cantar como se fala, é preciso cantar como quando se está escrevendo.

Em cima disso, o regente, o cantor e o diretor devem fazer um grande trabalho, até mesmo antes de começar a discutir o significado das palavras (ou talvez ao mesmo tempo).

Quando se diz que um cantor não sabe o que está cantando, deve-se levar em consideração duas questões: a compreensão do significado do texto, mas também a *Zusammenstellung*, isto é, como unir o som de uma sílaba ao som da música. O som da sílaba é o que começa antes da música.

Claro, em alemão é muito mais complicado do que em outras línguas. A palavra *espada* em francês se diz *épée*, em inglês, *sword*. Mas quando em alemão você diz *Schwert*, você pode escolher pronunciar Sch<u>wert</u> ou, em vez disso, <u>Schschschwert</u>. Quando você canta, pode fazer como quiser, contanto que saiba controlar a voz para chegar à vogal de um modo que ela esteja bem sustentada. Waltraud faz isso maravilhosamente.

Chéreau

Matti Salminen (rei Marke) também é fantástico nisso. Sempre foi. A sua dicção é um modelo, e as suas consoantes finais... Ele sempre compreendeu perfeitamente a importância de articular cada palavra.

E além do mais, graças a Salminen é que mergulhei de novo na história de Marke. Eu estava num período de desânimo e, sem dizer nada a você, pensei: "Acho que vou recusar o *Tristão* pela terceira vez".

Mas, enquanto, pela enésima vez, eu escutava Salminen na gravação que você fez do *Tristão*, notei que na sua grande narrativa ele chegava a um acordo tão perfeito entre texto e música que eu disse a mim mesmo: "Pois sim! Conheço esse tipo de texto em teatro, esse tipo de diálogo, esse jeito de articular um pensamento complexo e acho que vou saber como encenar isso, vou saber ajudar o cantor e vou saber fazer isso até em cinema, com um tipo de monólogo, com o pensamento muito articulado e que retoma tudo sob múltiplas formas, com a introspecção que se debate entre as contradições. Tudo isso me é familiar". Depois pensei: "Pode estar aí uma brecha, uma passagem pela qual eu vou poder voltar".

3.
"A TÉCNICA DA PASSAGEM"

Transformação progressiva do conteúdo psicológico da música. Estratégia wagneriana da estrutura das cenas. Aceleração e desaceleração no segundo ato.

BARENBOIM

Mas por que você queria pôr de lado o *Tristão* pela terceira vez?

CHÉREAU

Porque eu não entendia nada.

BARENBOIM

Do texto?

CHÉREAU

Não, não só do texto. Da música. Talvez porque eu estivesse apavorado com o segundo ato. Forçosamente se fica apavorado, depois de ter visto certas montagens. Naquele dia, enquanto escutava a sua gravação, possivelmente ao contrário de outros diretores, quando o rei Marke-Salminen finalmente chegou ao fim do segundo ato, tive a impressão de ter sido salvo e de ver a luz no fim do túnel. Porque é evidente que o problema do *Tristão* está antes, no grande dueto.

Acontece que o diretor desiste neste ponto. Num certo sentido, o primeiro ato é mais fácil de analisar. Ao passo que o segundo... Contudo, é preciso penetrar na ópera justamente através do texto.

A segunda impressão muito forte é a desaceleração entre a chegada vibrante de Tristão:

> *Isolde! Geliebte!*
> (Isolda! Amada!)

> *Tristan! Geliebter!*
> (Tristão! Amado!)

e o momento em que ao final o diálogo desacelera.

Em outras palavras, como é organizada em música esta desaceleração, até o momento em que eles chegam ao:

> *O sink hernieder,*
> *Nacht der Liebe,*
> (Oh, desça aqui,
> noite de amor),

em que, de repente, se chega a grandes momentos de calma. É isso que é preciso analisar. Às vezes, em certas gravações, passa-se do muito rápido ao muito lento, sem nenhuma relação.

O mesmo problema se coloca no terceiro ato, desde:

> *Die alte Weise*
> (A antiga melodia)

até o momento de excitação:

> *Isolde kommt!*
> (Isolda vem!),

que é construído musicalmente. Em certos casos se encontram gravações (para não mencionar Kleiber com Kollo) em que se passa de uma completa atonia a um dinamismo quase ofensivo, sem transição: nenhuma velocidade ou dinâmica de permeio. Nenhuma articulação que permita que este som cresça e que a consciência de Tristão seja recuperada progressivamente.

BARENBOIM

Seja no teatro, seja na música, trata-se de um pensamento estratégico. Quer dizer que você começa aqui e sabe até que ponto deve ir. Você sabe que não deve se deixar seduzir por possibilidades táticas, pela tática da excitação de momento. Você vê episódios que às vezes são grandiosos em si mesmos, mas que não estão ligados entre si.

C*héreau*

Não adianta nada serem magníficos em si mesmos. Não adianta absolutamente nada, se depois não se conectam.

Ainda não aprofundei totalmente isso, mas logo tomei consciência de que, no grande diálogo do segundo ato, existia um pensamento em completa evolução, mas também uma ação que se modificava e partia da primeira frase do texto, indo até:

> *O ew'ge Nacht*
> (Noite eterna),

onde acabava.

Isto inclui Brangäne, um primeiro dueto, depois um segundo dueto, em seguida também:

> *O sink hernieder,*
> *Nacht der Liebe*
> (Oh, desça aqui,
> noite de amor).

E também:

> *So stürben wir,*
> *um ungetrennt*
> *ewig einig*
> (Morreríamos assim,
> para podermos, juntos,
> unidos eternamente).

Depois disso, como diretor cedi, sim, não continuei mais com a encenação, ficou um buraco. Concluindo, quando entendi que existia um pensamento, um verdadeiro pensamento que amadurecia e se transformava em permanência, e que modificava as próprias pessoas que o elaboravam, aí comecei a entrar de novo na ópera.

BARENBOIM

Wagner tinha total consciência disso; quero dizer, era teoricamente consciente.

Em 1860, de Paris, ele escreve para Mathilde Wesendonck uma carta em que fala da técnica que desenvolveu no *Tristão*. Ele a denomina "técnica da passagem". Explica que para a sua música é essencial a transformação contínua do conteúdo psicológico da própria música, sem subdivisões.

O conceito de transição é importante em qualquer música, mas em Wagner é indispensável.

Do meu ponto de vista, este pode ser um elemento em comum com os grandes finais de Mozart. Todo o final do primeiro ato do *Don Giovanni* é praticamente num único *tempo*, às vezes dobrado, às vezes pela metade, mas sempre com uma relação matemática. Isto quer dizer que o conteúdo, a atmosfera e a psicologia mudam, tudo o que é subjetivo muda; mas o *tempo*, isto é, a velocidade, permanece objetivo, quase como acontece no *dramma giocoso*, drama de tempo objetivo. Acontece algo parecido também em Wagner. Um pouco menos n'*O ouro do Reno*, em que em cada transição há uma decisão a tomar, antes mesmo do ingresso de Loge, e onde, após uma desaceleração, se chega ao *tempo* mais rápido e aí se adentra imperceptivelmente no tempo mais lento ou vice-versa; ou então demora-se no *tempo* inicial e depois se duplica ou se passa à metade, o que, por fim, dá na mesma. É uma transição que, no entanto, não pode ser feita de forma instintiva. Do contrário, torna-se um meio de expressão tático, não uma estratégia, e isto não é possível. A ideia da transição e da *liaison* (relação) dos tempos, assim como da conexão entre os textos, é, em Wagner, ligada ao próprio conceito de som.

4.

CRONOLOGIA DO *TRISTÃO*

Fluxo de tempo entre os vários encontros. Obsessão de uma relação que se estendeu no tempo.

BARENBOIM

Muitas vezes você se perguntou sobre a evolução temporal no *Tristão*, quanto tempo teria transcorrido entre um encontro e outro. Parece-me um aprofundamento muito útil não só para a direção, mas, em última análise, para toda a ópera. Diz respeito à cronologia dos acontecimentos.

No âmbito da narração, o que aconteceu primeiro, isto é, o que acontece antes da história contada por Tristão e Isolda? Quanto tempo passou entre aquele momento e o momento em que eles se reencontram no navio? Quanto tempo transcorreu entre o primeiro e o segundo ato? E entre o segundo e o terceiro? São perguntas de grande alcance. Os aspectos ligados ao tempo adquirem automaticamente uma dimensão musical, porque a música acontece no tempo. Assim sendo, uma coisa que acontece um segundo depois é completamente diferente da que acontece um mês depois.

CHÉREAU

A música consegue fazer a gente imaginar muitas coisas. O prelúdio do terceiro ato é uma surpresa: ouvi-lo provoca em nós uma sensação intensa, a sensação psicológica de estar em outro lugar, longe, muito além. O tempo passou, as pessoas mudaram. É quase um sentimento intransponível, que passa a sensação de transcurso do tempo.

Não há vestígio disso no libreto. E nem podem existir vestígios visíveis na montagem. Todavia, para os cantores, estabeleci quase uma cronologia, a mais longa possível.

Dez anos antes há o episódio do olhar. Quando Isolda o socorre, Tristão a olha e ela mergulha naquele olhar, deixa cair a espada, não o mata, renuncia voluntariamente (ou não) ao seu projeto de vingança. Se, à época, tinham trinta anos, agora terão quarenta. Se tinham quarenta, agora terão cinquenta. Na hipótese de um intervalo de dez anos, estamos longe de um simples amor à primeira vista. E torna-se um terremoto, um abalo demorado que mudou a vida deles e que eles nunca esqueceram.

Pareceu-me apropriado que aquele olhar estivesse o mais longe possível do momento em que eles se veem no navio e fazem a travessia juntos. É melhor pensar que eles não voltaram mais a se ver e que, desde o fim do primeiro ato, não existiram outros encontros entre eles, até o final do segundo ato, quando ele chega correndo; e aquela vem a ser apenas a terceira vez que se encontram na vida.

BARENBOIM

Na história deles, portanto, o primeiro encontro tinha ocorrido dez anos antes do início da ópera; o segundo foi no navio em direção à Cornualha; o terceiro durante a *Liebesnacht* (noite de amor); o quarto e último será em Kareol, na Bretanha.

CHÉREAU

Sim, e a última vez não existirá, porque quando ela chega, ele está agonizando. Este quarto encontro só dura o tempo de cantar: "Isolda!".

Portanto, quatro encontros ao todo, dos quais, em cena, são vistos três. Pensei um lapso de tempo, o mais longo possível entre o olhar e o navio, e fixei dez anos. Todavia, não tenho nenhuma confirmação disso, embora não haja qualquer contradição. Propus aos cantores que entre o navio e o segundo ato transcorresse um tempo diferente, ao menos um, dois ou três meses, nos quais eles nunca se viram a sós. Acredito que esteja escrito assim no texto.

Portanto, a minha estimativa de tempo, de duração, propôs aos cantores uma história tão diluída nos anos que exorciza interpretações limitadas ao amor à primeira vista, a fim de substituí-las por um evento parecido com a experiência de toda uma vida – ainda que eles não a tenham passado juntos –, uma vida quase obsessiva.

A minha proposta é que Tristão fique em coma ainda dois ou três meses entre o segundo e o terceiro ato; este período de tempo que sugeri talvez tenha suscitado ressonâncias na cabeça dos cantores, mesmo que em cena não haja evidência disso. Não tem importância que fique invisível; de todo modo, é uma hipótese perturbadora que pode ajudar os cantores a fazer um trabalho lógico, a reviver uma vida inteira, uma obsessão amorosa devastadora.

5.

Versões diferentes dos mesmos acontecimentos

O problema não solucionado das narrativas de Tristão, Isolda, Kurwenal, Brangäne e do rei Marke. Pluridimensionalidade da música.

Chéreau

O aspecto que sempre suscita interesse no *Tristão* é que certas narrativas que deveriam nos informar sobre um acontecimento, na verdade, são parciais e discordantes.

A versão corrente da história de Morold é contada por Kurwenal, que só a assistiu de fora. Uma versão mais minuciosa é contada por Isolda, que mente e pula alguns episódios. Por fim, Tristão, contando a história de Morold novamente de uma outra maneira, provoca Isolda violentamente, uma vez que está falando com a noiva do homem que ele mesmo matou e cuja cabeça lhe enviou. Logo, existem várias versões, e este é o problema de fundo não resolvido na ópera, um dos elementos centrais.

Na narrativa de Isolda existe até desespero e ironia na maneira como ela se fere sozinha enquanto dança, contando através de gestos e palavras, de dois ou três modos diferentes, aquilo que, segundo ela, Tristão poderia ter dito a Marke. A própria Isolda altera a história, quando diz:

> *Als dein messender Blick*
> *mein Bild sich stahl,*
> *ob ich Herrn Marke*
> *taug als Gemahl*
> (Quando o teu olhar inquisidor
> arrebatou a minha imagem,
> avaliou se para o rei Marke
> útil como esposa eu seria).

Mas dez anos antes, quando trocaram olhares, Marke não entrava nisso! Ela parece estar de má-fé – ou talvez não tenha consciência –, porque junta dois acontecimentos de épocas diferentes. Assim, dizendo isso, ela própria mente, interpreta. Mas trata-se de ciúmes e puro desespero.

Por outro lado, ele não responde, porque não tem nada a responder. É como se alguém dissesse: "Antes de nos encontrarmos, você já sabia que ia me enganar".

Existe outra versão, a de Brangäne, que faz referência a um fato que ela não vivenciou. E depois existem as versões contraditórias do segundo ato, no qual Tristão tem a missão de explicar por que foi ele quem procurou Isolda.

A versão de Tristão:

> *Denen bot ich Trotz,*
> *und treu beschloss,*
> *um Ehr´und Ruhm zu wahren,*
> *nach Irland ich zu fahren.*
> (Tudo desafiei
> e firme decidi,
> para guardar honra e fama,
> ir-me para a Irlanda).

Depois, existe uma outra versão, a de Marke, que lhe dirá: "Lembre-se, foi você quem me falou, foi você quem insistiu para que eu me casasse com Isolda, foi você quem me falou dela. Foi você quem insistiu para ir".

Esta última, a meu ver, é a versão verdadeira.

A complexidade da intriga é apaixonante, mesmo que não esteja claro até que ponto esta complexidade tenha sido consciente em Wagner: transforma-se numa dinâmica entre pessoas que nunca contam a mesma história. Sou eu que vejo as coisas assim?

De todo modo, as diferenças que identifico e nas quais me baseei são fundamentais para mim. Essas narrativas, tão divergentes entre si, se transformam no próprio motor de uma encenação.

BARENBOIM

É através da partitura que se compreende como Wagner vai construir a música para acentuar as diferenças entre as narrativas. Mas é limitante dizer que, se ela mente, a música dá ênfase à mentira. Não é verdade. A música possui sempre maiores possibilidades em relação às palavras, porque nunca tem uma única dimensão. A música nunca é feliz, triste ou melancólica. Ela é percebida em função do estado de espírito de quem a ouve.

CHÉREAU

Eu não usaria nem mesmo a expressão "ela mente", por exemplo. Não se trata de mentira, mas de uma situação mais complexa. Trata-se também do silencioso trabalho do tempo, pelo qual não é possível contar a mesma história cinco ou dez anos mais tarde. Ela não pode admitir algumas coisas, não pode confessá-las nem a si mesma.

A MÚSICA

1

O SOM WAGNERIANO

Primeiro contato da orquestra do La Scala *com o* Tristão. *A linguagem e o estilo. Fraseado e continuidade do som. Relações entre volume, tensão harmônica, variedade de acentos e controle da velocidade e das dinâmicas. O peso do som. Expressividade do silêncio.*

BARENBOIM

Fiz o *Tristão* muitas vezes, com diversas orquestras. Mesmo assim, com a Orquestra do La Scala, tive uma experiência fascinante, porque trabalhei com uma orquestra italiana e grande parte dos músicos executava esta ópera pela primeira vez.

Regi o meu primeiro *Tristão* em 1979-80, na Deutsche Oper de Berlim Ocidental, com uma orquestra que conhecia a ópera de cor. Por outro lado, para mim era a primeira ópera wagneriana. Assim, era um verdadeiro desafio.

Em seguida, regi *Tristão* em Bayreuth. Não quero falar da montagem ou do espetáculo, mas só da experiência musical. A orquestra de Bayreuth conhecia perfeitamente a ópera e a tocava maravilhosamente. O último maestro que havia regido o *Tristão* por lá, só uns quatro ou cinco anos antes de mim ou até menos, tinha sido Carlos Kleiber, que o tinha conduzido de forma esplêndida. Nessa época eu era um pouco mais experiente do que em Berlim, porque eu já havia me defrontado com a ópera, ainda que não se possa comparar a minha experiência com a de músicos que a tocavam havia trinta anos. Depois, executei o segundo ato em versão para concerto com a Orquestra de Paris, que o desconhecia completamente.

Regi o *Tristão*, ainda em versão para concerto, com a Orquestra Sinfônica de Chicago, uma das maiores orquestras do mundo. Uma orquestra para a qual este tipo de linguagem era totalmente familiar, porque já havia tocado Bruckner, Berlioz e todos os autores que levam a Wagner ou que o seguem. Logo, eles tinham familiaridade com a linguagem, mas não conheciam esta ópera.

Por oito anos, a partir de 2000, regi cerca de cinquenta apresentações do *Tristão* com a Staatskapelle de Berlim, tanto na Staatsoper Unter den Linden quanto em turnê. Com esta orquestra regi todas as dez grandes óperas de Wagner, d'*O holandês voador* a *Parsifal*, e desenvolvemos uma linguagem comum: consiste numa ideia muito clara de como produzir o som, da necessidade de um equilíbrio orquestral que depende não só da percepção de todas as notas, mas também de uma hierarquia harmônica que guia tal equilíbrio. É necessário também incluir uma grande variedade de velocidade dinâmica. Os *crescendo* e os *diminuendo* não deveriam ser sempre executados na mesma velocidade. Depende da extensão e da densidade harmônica.

É o princípio desenvolvido mais tarde por Schoenberg, que nas suas partituras vai indicar com um **H** (*Hauptstimme*) a voz principal e com um **N** (*Nebenstimme*) a voz secundária. Já no segundo compasso do prelúdio do *Tristão*, por exemplo, é preciso fazer o *decrescendo* do oboé mais lentamente do que o dos outros instrumentos, para poder tornar perceptível não só o seu estilo (voz principal), mas também para tornar clara a relação harmônica com o restante da orquestra (voz secundária).

E por fim eu regi o *Tristão* aqui no La Scala, com uma orquestra magnífica, que não conhecia em profundidade nem a linguagem, nem o estilo, nem a própria ópera. Por esta razão, foi uma experiência difícil, mas também muito interessante e envolvente para mim. A orquestra aqui é extraordinária e capaz de fazer qualquer coisa, mas é preciso tempo para que os componentes consigam assimilar não somente as informações – e portanto a capacidade manual e artesanal de tocar as notas –, mas também o conteúdo no seu todo.

Foi fascinante para mim ver músicos de altíssimo nível descobrindo uma partitura tão original. Mesmo porque a orquestra é italiana, tem suas peculiaridades. Está acostumada a tocar outro repertório (embora tenha tocado Wagner muitas vezes), tem toda uma experiência da música italiana. Para esta orquestra, assim, é mais fácil tocar passagens líricas do *Tristão*, enquanto tudo o que não é lírico fica mais difícil. Para uma orquestra alemã é exatamente o contrário. Não se trata apenas de uma questão de facilidade, ou de sensibilidade, mas de familiaridade.

Não acredito no nacionalismo cultural nesse sentido. Percebi que na expressão da música wagneriana existe alguma coisa que se adapta de modo mais natural à sensibilidade alemã do que à sensibilidade latina ou eslava, sem dúvida. Mas ao mesmo tempo acho que a essência de Wagner é plenamente acessível a um italiano, assim como a essência de Verdi é plenamente acessível a um alemão. Eu mesmo sou uma prova do que estou afirmando. Nasci na Argentina. Se eu estivesse restrito à música do meu país, seria apenas um pianista de tango. E, além do mais, o que deveríamos pensar dos músicos que vêm da Índia, do Japão ou da China?

No fim, o que conta mesmo é só o grau de curiosidade que temos quando estamos diante de um mundo que não é o nosso. É quase como aprender a falar uma língua estrangeira sem sotaque. Existem pessoas mais dotadas para isso, e outras não. Alguns falam de modo perfeito uma língua estrangeira, mas têm um sotaque horroroso; outros falam a língua sem qualquer sotaque, mas desconhecem sua estrutura linguística e sua gramática.

A Orquestra do La Scala era absolutamente capaz de desenvolver o estilo wagneriano. Não me senti limitado pelo fato de serem italianos, pelo contrário, fiquei particularmente estimulado com isso.

A primeira coisa é ter uma ideia do som que esta partitura exige, um som que é, antes de mais nada, contínuo. Se não se tem a noção da continuidade do som, é impossível tocar o *Tristão*.

Além disso, em Wagner, é sempre necessário se falar de som sem interrupções. Ele não é um compositor *staccato*, é um compositor *legato*: *immer gebunden, übergebunden* (sempre *legato, legatissimo*). Isso significa que a conexão era um elemento-chave de todo o seu pensamento, tanto para o libreto como para a música.

Existem, no entanto, passagens menos *legate*, como aquelas em que os personagens estão em grupo. Por exemplo, no primeiro ato, quando os marinheiros chegam, há uma passagem um pouco mais em *staccato* musicalmente. Ali Wagner fica irônico, e aquele tipo de som é proposital. Retoma a rima do texto: *Irenland... Engeland.*

Voltando ao nosso tema do som wagneriano, é preciso ter uma capacidade estratégica, muito mais que tática, na construção das frases, que são extremamente longas e se amontoam. Por isso é preciso elaborar um crescimento do volume e da tensão harmônica. Tudo isso determina o som.

Enfim, é necessário ter à disposição um repertório enorme de acentos diferentes, acentos que desaparecem logo depois de terem sido emitidos, tal como acontece quando se coloca a mão no fogo e se retira imediatamente. Isso significa controle da velocidade e da dinâmica, nos acentos e nos *crescendo*. É muito comum ter um *fortepiano*, depois ainda um *fortepiano* – já falamos sobre isso –, mas na terceira vez não tem mais um *fortepiano*, só um *sforzando* que prossegue. Assim, é preciso ter um controle minucioso de tudo o que é vertical, do ponto de vista dos acentos, combinado com um discurso horizontal, que é o do fluxo da música. O conjunto é extremamente complicado de se juntar.

É muito mais importante falar destes elementos do som wagneriano do que se perguntar se se trata de um som alemão, um som americano ou um som italiano. É claro que, para uma orquestra acostumada a tocar longas linhas melódicas e a manter o som, é mais fácil obter um bom resultado do que para uma orquestra acostumada a interpretar *sfumature* e *nuances*.

Para tocar esta música, a meu ver, há que se ter um equilíbrio muito sutil entre a estratégia e a tática. De certa forma, é como em política. Tática no sentido de que se começa uma frase ou se ouve uma harmonia e depois se decide intervir com pequenas *sfumature*, isto é, reage-se taticamente àquilo que a ópera propõe. Ao mesmo tempo, é preciso continuar a ter uma ideia estratégica da direção tomada, que possa guiar em paralelo todas as decisões. Em cada estágio do processo se está, digamos, consciente de que existe algo além, um objetivo a atingir. É preciso ter sempre a visão de conjunto, a consciência da meta final.

Existem outros aspectos fundamentais do som wagneriano que eu gostaria de ilustrar.

Wagner tinha compreendido bem a materialidade do som, isto é, que o som tem a tendência a cair no silêncio, a morrer. Talvez seja esta a primeira ideia de elemento trágico na música. Portanto, a continuidade consiste em resistir à sua tendência de cair no silêncio. Isto é fundamental.

Já no prelúdio do *Tristão* encontramos um elemento um tanto quanto importante, ainda que aparentemente contraditório: a utilização do silêncio como meio de expressão musical. A música começa e, após dois compassos e meio, cai de novo no silêncio. Reencontramos então o momento anterior à primeira nota. É a integração do silêncio à música. Nem sempre é o silêncio que interrompe a música, algumas vezes se tem a sensação de que é muito mais a música que interrompe o silêncio. Este também é um aspecto importante para o som wagneriano.

Frequentemente se fala do som como um elemento cromático: um som claro, um som escuro. Trata-se de um discurso puramente subjetivo. Aquilo que para mim é claro, para você é escuro, e vice-versa. Em contrapartida, o peso do som não é subjetivo, e tampouco o é a duração do som, nem são subjetivos o seu início ou o seu fim. Não são aspectos subjetivos, mas totalmente objetivos.

Acho que a Orquestra do La Scala entendeu isso muito bem. Os músicos da orquestra foram colaborativos e interessados. Felizmente tive ensaios suficientes até para poder discutir e explicar a eles estes aspectos, sem precisar me limitar a dizer "mais forte", "mais breve", "mais rápido" ou o contrário. Pode-se afirmar que o *Tristão* oferece a possibilidade de pensar a música de uma outra forma, mas isso não tem nada a ver com o fato de que eles sejam italianos e Wagner, alemão. Resumindo, aprendemos a pensar juntos.

O *Tristão* apresenta uma dificuldade de execução muito grande, devido não só à exigência de se ter de aprender a tocar as passagens difíceis. Todos os músicos dotados de capacidade e disposição podem conseguir isso, em alguns casos de forma mais rápida, em outros se dedicando mais, mas acabam aprendendo. A verdadeira dificuldade do *Tristão* para a orquestra é a concentração. Acontece de existirem 27 ou quarenta compassos de repouso e então é preciso estar ali, pronto para recomeçar a tocar. Só executando muitas vezes esta música se consegue uma maior naturalidade.

Em todo caso, a Orquestra do La Scala esteve muito disposta para os ensaios, e juntos pudemos fazer um trabalho que me fascinou, e não digo isso para me valorizar, penso sinceramente assim. A orquestra demonstrou um interesse enorme em procurar entender o que torna tão especial e única a linguagem musical de Wagner. A ópera tinha sido executada em Milão, pela última vez, há trinta anos. Acho que sobraram só dois dos músicos que tinham tocado então; e nem mesmo sei se eles se lembravam daquela experiência. Por isso, quase a totalidade teve o seu primeiro encontro com a música do *Tristão* nessa ocasião, e como regente me considero um homem de muita sorte, porque pude observá-los enquanto cada um deles descobria esta grande partitura. A orquestra é um espelho da sociedade. Na orquestra encontramos gente curiosa, menos curiosa, muito inteligente, menos inteligente. Mas posso garantir que não existe um só músico nesta orquestra que durante as semanas em que trabalhamos não tenha encontrado algum aspecto fascinante na partitura. Uma obra-prima determinante como o *Tristão* não deixou ninguém indiferente, isso eu posso garantir. E isso, para um regente, é uma experiência sublime.

2.

O PRELÚDIO

Novo papel do prelúdio. Tensões e incertezas harmônicas resolvidas somente no final da ópera. Cálculo do peso instrumental. Refinamento da orquestração. O silêncio e a morte. A imperceptível flexibilidade do tempo musical. Estratégia do climax.

BARENBOIM

Wagner transformou o papel do prelúdio. Nas óperas de Rossini ou de Mozart muitas vezes a abertura serve apenas como peça de entrada que dá uma ideia geral da ópera que vem a seguir; mas, no plano temático, raramente o prelúdio tem elementos em comum com a própria ópera. Por exemplo, a abertura de *Le nozze di Figaro* [*As bodas de Fígaro*] poderia ser executada de forma autônoma, ou então ser utilizada para o *Così fan tutte*. Acontece o mesmo com as aberturas das óperas de Rossini, quase todas permutáveis entre si.

Para Rossini, e também para Mozart, a abertura era um fragmento que servia como transição entre a vida exterior – a vida normal do público – e o início do espetáculo. Era como uma entrada, passava-se os olhos pelo teatro para ver quem tinha vindo, onde estavam sentadas as belas mulheres.

Com Wagner, a abertura vira, em vez disso, uma parte orgânica da partitura. É por isso que Wagner anotou de modo preciso até quando se deve levantar as cortinas. Porque ele entendia bem a dificuldade do espectador de dissociar os olhos dos ouvidos. A meu ver, nas óperas de Wagner, muitos diretores cometem um erro gravíssimo – e não digo isso por causa de padrões ou da tradição, mas depois de uma reflexão sobre a essência deste tema – e que ocorre quando, durante o prelúdio, antes da abertura das cortinas, encenam umas mímicas e umas coreografias artificiais. Aí a música se transforma num elemento de acompanhamento, descritivo de qualquer outra coisa, porque naquele instante o olho é mais forte do que o ouvido. Quando, pelo contrário, os panos não subiram e começa a tocar o prelúdio, sobretudo no caso do *Tristão* (mas também do *Parsifal*), entra-se no mundo de Tristão e Isolda que nos acompanhará cinco horas noite adentro. O ouvinte inteligente e não passivo, que não está sentado esperando apenas que a magia chegue por si, mas que está, com alma e ouvidos, verdadeiramente receptivo, já com o prelúdio vai conseguir entrar neste novo mundo sonoro. No final do prelúdio, esta tensão em *crescendo*, que depois se apaga com dois *pizzicati* de violoncelos e contrabaixos, com um sol solitário que prepara a entrada do marinheiro quando da abertura das cortinas, é uma construção elaborada. O prelúdio não é apenas uma introdução, ele já é tudo. Num certo sentido, é como o núcleo, o germe da ópera toda.

No *Tristão* se estabelecem determinados princípios que serão depois desenvolvidos ao longo de toda a ópera. O primeiro é um enorme leque dinâmico. Do *pianissimo* mais íntimo, mais sussurrado, quase um componente de insinuação, até o ponto culminante do prelúdio, que é o *fortissimo* tremendo onde se tem a impressão de que tudo vai explodir.

O prelúdio começa com um *pianissimo* verdadeiramente longínquo, íntimo, profundo. O primeiro compasso é sem harmonia: existe apenas um lá e um fá tocados pelos violoncelos, duas notas que podem ter inúmeras possibilidades. Como direção harmônica poderia ser também em fá maior. Por que não? Por outro lado, já no segundo compasso existe o famoso *acorde do Tristão* sobre o qual tantos escreveram, Schoenberg, Hindemith... É o mesmo acorde que voltaremos a encontrar no ponto culminante, ao final do prelúdio. No início, está orquestrado modestamente, apenas com alguns instrumentos de arco e violoncelos, os quais são seguidos depois por toda a orquestra, mas com os trompetes que já começaram a tocar alguns compassos antes, para preparar este ponto culminante. É tudo calculado.

Até o peso da orquestra é calculado. No sentido de que não somente a dinâmica é sempre crescente, mas também os instrumentos acentuam a potência, como os trombones e principalmente os trompetes, que entram precisamente no último momento do *crescendo*, antes do ponto culminante. Quer dizer que, até o último momento, você não percebe o que está para acontecer, porque o trompete começa a tocar dentro da massa orquestral e só depois se torna elemento-guia, que leva consigo e conduz todo o discurso rumo à grande explosão do ponto culminante.

Assim, já a partir do segundo compasso aparece este acorde cheio de dissonância, este famoso *acorde do Tristão*, carregado de contraste e de tensão exatamente porque o compasso precedente, o primeiro, não está harmonizado. São só três notas, lá, fá e mi. E este mi não sobe para a nota superior, que continua, digamos, a melodia do *acorde do Tristão*. Este mi desce para o ré sustenido que está dentro do acorde e depois é sustentado pelo corne-inglês. Então, antes de tudo, existe a dinâmica, depois a tensão harmônica, resolvida somente na metade do terceiro compasso. Em outras palavras, tem-se o máximo de tensão do acorde e depois uma resolução pela metade, que deixa tudo em suspensão. Normalmente, ali já deveria haver um acorde de resolução.

No terceiro compasso, portanto, o *acorde do Tristão* está resolvido só parcialmente; permanece suspenso no ar, porque ali deveria estar uma resolução deste acorde que já é uma meia resolução do primeiro. Ali estaria faltando um acorde de lá menor. Bastaria tocá-lo uma vez ao piano, um acorde de lá menor sobre a segunda metade do terceiro compasso, e veríamos a diferença entre uma resolução harmônica definitiva, que seria de se esperar, e a resolução parcial pensada por Wagner. Mas é exatamente esta resolução parcial que agora lhe permite repetir o motivo um tom acima. Primeiro começou em lá, agora começa em si.

Wagner utiliza, portanto, um elemento muito importante da sua música, que é o elemento da acumulação. Porque repetir superficialmente qualquer coisa pode ser um exemplo de monotonia, enquanto repetir qualquer coisa na qual está embutida uma certa mudança – de dinâmica, de notas ou de harmonia — tem um efeito cumulativo que opera sobre o nosso ouvido e, de modo mais ou menos consciente, entra no sistema da memória. Ouve-se alguma coisa que ficou resolvida só pela metade. Na segunda vez em que aparece, o fato já tem um passado. Nunca se deve esquecer que a primeira nota de uma peça de música não tem passado, o passado é apenas o silêncio, ao passo que a segunda nota tem um presente e um futuro, mas também um passado.

Quando, ao final do terceiro compasso, este motivo se repete, num nível mais alto, é exatamente para intensificar todos os atributos que temos no nosso cérebro, inclusive o da memória.

Outro elemento importante de destacar é que, com esta resolução harmônica pela metade, Wagner volta ao silêncio, ao silêncio do início da ópera. Silêncio que vira uma interrupção da música de forma inversa ao silêncio inicial, que, por sua vez, tinha sido interrompido pela música. Todavia, são dois sentimentos absolutamente diferentes. Quando o prelúdio do *Tristão* tem início, parte exatamente do silêncio. E aqui está a grande dificuldade para os violoncelos: conseguir tocá-lo realmente *pianissimo, legatissimo* e sem o mínimo acento.

Chéreau

Como se chegasse do nada...

Barenboim

... ou do próprio silêncio.

O prelúdio deve justamente vir da profundidade do silêncio, como uma evidência arqueológica que se começa a ver logo que brota da terra. Temos música apenas durante dois compassos e meio, e aí de novo o silêncio. Este novo silêncio, naturalmente, é diferente daquele que precede a primeira nota. Em consequência, quando o motivo se repete, já estamos com outro sentimento em relação ao primeiro, porque o silêncio também tem o seu passado. Mas o silêncio no interior de uma peça musical não é igual ao silêncio que precede a música. O silêncio no interior de uma peça de música pode ter funções muito diversas. Se muita tensão foi acumulada, o silêncio pode ser até mais forte do que o acorde *fortissimo* da orquestra inteira.

De todo modo, este silêncio do terceiro compasso é muito importante porque destaca o fato de que a harmonia não foi resolvida, destaca a hesitação do motivo inicial. Antes de repetir o início do prelúdio, há necessidade de um silêncio, que não pode significar senão um momento de reflexão. Pode-se interpretar este silêncio como se desejar: hesitação, lembrança, preparação, mas está claro que é um silêncio que interrompe a música, a qual, por sua vez, interromperá este silêncio. É este, em parte, o princípio da ambiguidade no prelúdio do *Tristão*: uma ambiguidade de harmonia, de som e de silêncio. Entra-se num mundo no qual a música está ao mesmo tempo no mundo e fora do mundo, simultaneamente. Esta é a magia do *Tristão*. Alguma coisa fora do mundo, como um sonho, ou algo de imaginário.

O silêncio é a morte do som. Portanto, para nós mortais, queiramos ou não, o silêncio é uma expressão da morte. Nesse sentido, a música está fora do mundo: porque, como seres humanos, nós não podemos realmente viver a morte, exceto na experiência do som e do silêncio. Este, para mim, é um elemento-chave para entrar no mundo do *Tristão*, que, mesmo intitulando-se *Tristão e Isolda*, mais do que uma história de amor é uma ópera sobre a morte.

Este processo musical se repete depois uma terceira vez. Sempre num nível diferente, mais alto, com uma nota a mais dos violoncelos. Os violoncelos têm sempre uma anacruse, depois uma outra nota longa, mais uma nota, e depois o acorde, o famoso *acorde do Tristão*. Na terceira vez, a nota suplementar não é apenas para acrescentar algo. Trata-se de uma nota fora da harmonia, que destaca o cromatismo, isto é, a língua e o espírito de todo o *Tristão*. Não se pode imaginar esta ópera sem o cromatismo, um elemento orgânico, fundamental. Cromatismo significa dissonância, instabilidade, ambiguidade, procura. Quando existe um acorde harmonicamente claro, sabe-se exatamente onde se está. Existe uma estabilidade: há um deslocamento e depois uma volta ao ponto de partida. O cromatismo, pelo contrário, é a procura de uma outra tonalidade, é como um *refugee*, um refugiado. O cromatismo é isto: a procura de uma nova terra, de uma outra nação. É a procura de uma estabilidade diferente. Logo, esta nota suplementar, que aparece na terceira apresentação no motivo inicial, faz crescer a tensão exatamente porque é cromática. A música é interrompida de novo e aí, pela primeira vez, toca-se o motivo com os instrumentos de arco, sozinhos (eles já haviam sido tocados sozinhos, mas apenas como resposta aos violoncelos).

CHÉREAU

Na sua opinião, por que Wagner repete um motivo como este por três vezes?

BARENBOIM

Para criar nos ouvidos do ouvinte a expectativa de voltar a ouvi-lo. Quando esta terceira repetição se vai, o ouvido fica esperando uma quarta, porque enfim se acostumou e pensa que vai acontecer de novo, como ocorre com certas sequências, por exemplo, na música barroca. É como com o sol, que todo dia nasce e depois se põe: observa-se três, quatro vezes, e se sabe que vai existir um quinto e um sexto dia. É a expectativa da repetição. No entanto, em Wagner, depois da terceira vez, isso não acontece. Segue-se uma continuação só com os instrumentos de sopro. Num certo sentido, um compasso a mais do que o que tínhamos ouvido até aquele momento. Ao contrário dos violoncelos, que faziam a introdução do acorde, existe um acorde ainda cheio de ambiguidade com a flauta, o oboé, o clarinete e o corne-inglês. Um acorde de harmonia obscura. Poderia ser um acorde em fá menor com o ré da flauta, ou muito mais. Acorde emoldurado por duas *fermate*, prolongando o silêncio cada vez mais. A música mais curta e o silêncio mais longo. Depois se repete apenas o segundo destes dois compassos, o dos instrumentos de arco, sozinhos, tocado pelos primeiros e segundos violinos em oitava, sem harmonia. E assim vai. Portanto, tudo calculado ao máximo, para ter este...

CHÉREAU

... acúmulo de tensão.

BARENBOIM

Aí começam de novo os instrumentos de sopro, sozinhos, uma oitava acima. Depois os violinos recuperam as notas que foram tocadas pela flauta, estas também repetidas ainda uma vez. Portanto, cada fragmento menor é repetido mais vezes. Quanta tensão acumulada, e mesmo assim parece que a peça ainda deve começar!

A primeira vez que vamos encontrar uma continuidade da música, e não apenas da harmonia ou do fraseado, mas da própria música, é no compasso dezessete. Dezessete compassos num tempo muito lento que obrigam o ouvinte a entrar quase num mundo único, um mundo fora da realidade. É exatamente o contrário do *striptease*. Uma roupa a mais de cada vez. E aí, depois de, por dezessete compassos, a música sempre ter sido interrompida, quando finalmente principia a linha melódica contínua, é claro, a esta altura, a longa linha melódica parece ainda mais longa. Todavia, se a peça começasse diretamente com o 17º compasso, não se teria este sentimento de continuidade que agora experimentamos, como resultado do passado sonoro. Nunca se deve esquecer que a música sempre acontece no tempo. Quando a melodia é longa e não é mais interrompida, transmite-nos um sentido de continuidade ainda maior, exatamente por causa desses dezessete compassos anteriores, onde, inversamente, ela foi sempre interrompida e fragmentada.

Então todo o prelúdio cresce, enquanto se inicia um diálogo entre tonalidades maiores e menores, sempre por períodos muito breves, num trecho bastante lento e um pouco longo. A duração de cada tonalidade, e portanto a caracterização de cada atributo a ser conferido a uma tonalidade maior ou menor, representa uma grande dificuldade para quem está executando, porque não só deve transmitir a mudança de dinâmica, mas também uma mudança...

CHÉREAU

... psicológica, implícita na contínua mudança do colorido harmônico?

BARENBOIM

Sim. Em que o conjunto de instrumentos de arco, por exemplo, deve ser muito sensível em ajustar e mudar seu *vibrato* com maior ou menor intensidade, com maior ou menor velocidade e com um *vibrato* mais longo ou menos longo, mais curto ou menos curto (existem, de fato, três elementos do *vibrato*: amplitude, velocidade e intensidade).

Para o regente tudo isso implica a necessidade absoluta de alcançar uma imperceptível flexibilidade do *tempo*, da velocidade. E a palavra "imperceptível" é uma palavra-chave. Quando se exagera, rompe-se a continuidade da peça; se, pelo contrário, não se faz isso, vem a faltar um elemento absolutamente necessário à música, ou seja, a flexibilidade, que Wagner descreveu muito bem no seu livro sobre a regência.

CHÉREAU

Reencontramos aqui aquele elemento fundamental em Wagner, que é a transição. No sentido de que a sua música implica não a mudança violenta de marcha, mas muito mais as transições imperceptíveis.

BARENBOIM

Uma transição imperceptível. Até mesmo onde não existem as reais transições, há necessidade de uma flexibilidade imperceptível. E aí, em todas as passagens em tom maior, a meu ver, seria preciso insinuar uma pequena mudança de *tempo*, no sentido de que seria necessário deixá-lo ainda mais lento. A tensão deveria então ser retomada quando retornam o cromatismo ou a tonalidade menor.

A primeira vez que se ouve verdadeiramente um acorde maior estável é precisamente no compasso 45. Mas ali também, de novo, já reaparece a ambiguidade do cromatismo. Por isso, nesse compasso, que vem após um *rallentando* (no compasso 44), o *tempo* pode ser um pouco mais amplo do que o anterior, exatamente para destacar a mudança harmônica.

Esta é uma demonstração de que a mudança de *tempo*, que vulgarmente se chama *tempo rubato*, em Wagner não pode ser, não deve ser, um elemento de vontade subjetiva. Em vez disso, deve sempre haver uma razão estrutural baseada na harmonia e na dinâmica. E aí, naturalmente, uma vez estabelecida a relação entre todos estes elementos, a execução não deve mais aparentar o cálculo ou o raciocínio necessário para se chegar a este elemento de flexibilidade.

CHÉREAU

Você teria de tocá-lo de modo natural, quase espontâneo.

BARENBOIM

Sim, mas para que seja natural e espontâneo, é preciso tê-lo pensado e preparado. Assim, estes dois compassos (44-45) representam um momento muito breve, que concomitantemente necessita de uma pequeníssima mudança no *tempo*, que não é fundamental e deve ficar imperceptível, para depois retomar o *tempo* medido.

O intercâmbio entre menor e maior se repete até chegar ao ponto culminante, colocado em evidência, como já disse, por uma orquestração particular, no compasso 83. Existe uma ascendência orgânica da dinâmica, da tensão, com a participação de todos os elementos que tínhamos desde o início, mas desta vez sem uma interrupção da música. Tudo aquilo que no início estava em estado de preparação, que utilizava a relação entre som e silêncio para subir até o ponto culminante, agora, dada a grande ascensão, está realçado por tensões harmônicas calculadas.

A descida, depois deste *climax*, também é calculada com diversas tensões harmônicas e dinâmicas, mas sempre no bojo de uma grande continuidade. É a primeira vez que o silêncio retorna. Isso acontece somente entre os dois últimos *pizzicati* do prelúdio, que levam diretamente ao solo do marinheiro que inicia a ópera.

CHÉREAU

Alguém diz que todas essas tensões, ambiguidades e incertezas harmônicas do prelúdio se resolvem somente no final da ópera; que, no prelúdio, Wagner inicia uma viagem que vai terminar só com a transfiguração final de Isolda.

BARENBOIM

No segundo ato existe uma certa estabilidade harmônica. Mas é verdade que só no final da ópera se alcança uma estabilidade harmônica maior, na tonalidade de si maior. Mas isso não tem nada a ver com o prelúdio, e tampouco com o prelúdio do terceiro ato.

CHÉREAU

Mas, na sua opinião, a estabilidade harmônica final faz referência a quê?

BARENBOIM

Não sei, teria de pensar. Não sei se existe uma relação evidente entre o si maior do final e tudo o que aconteceu antes.

CHÉREAU

Um elemento que você não mencionou, e que, como ouvinte de Wagner, é interessante para mim, é a sua polifonia. Você acha que esta também é uma característica do *Tristão* ou do seu prelúdio?

BARENBOIM

O contraponto, em si mesmo, não é um elemento fundamental no *Tristão*. Em *Os mestres cantores* (*Die Meistersinger von Nürnberg*) é muito mais. A meu ver, no *Tristão*, trata-se mais de um diálogo entre a melodia e a harmonia. Entre a melodia, que surge linear e é colocada em relação com o peso da harmonia, a qual é um peso vertical e que cai sobre a linha horizontal. A grande tensão musical entre o peso vertical da harmonia e o desenvolvimento horizontal da melodia no *Tristão* é enfatizada ao máximo. Cada vez que aparecem, estes complexos acordes verticais mudam tudo o que se ouviu até aquele momento, mudando também o estado de espírito em relação ao que virá depois. Eu acho este o ponto mais importante da tensão no *Tristão*.

C HÉREAU

Você acha que esta função estrutural da harmonia em Wagner se apoia também na orquestração, para tornar o conjunto mais evidente ao ouvinte?

B ARENBOIM

Sim, a orquestração é muito refinada, no *Tristão*. Não é uma ópera *bombastic*, não é uma ópera em *fortissimo*, é uma ópera sutil, na qual os *fortissimo* são utilizados de maneira moderada. É só olhar o primeiro ato: salta aos olhos a quantidade de partes em *piano* e *pianissimo*.

Mas esta é uma característica particular do primeiro ato; no segundo e no terceiro, existem naturalmente muitas passagens *forti*.

3.
APRESENTAÇÃO MUSICAL DOS PERSONAGENS

Estado de espírito dos protagonistas. Dialética wagneriana entre texto e música, entre intuição e cálculo.

BARENBOIM

Em Wagner – no *Tristão* e de forma mais geral – a música de preparação, que precede o personagem antes que comece a cantar ou falar, me fascina. Não se trata de uma descrição do caráter, mas antes de uma expressão de seu estado de ânimo. Nisso o teatro é diferente da música. É claro que em teatro você pode fazer muito mais coisas para comunicar e criar a atmosfera.

CHÉREAU

No meu trabalho teatral às vezes peço aos atores que não se joguem logo na sua fala e imaginem que talvez haja algo a fazer antes. O personagem sempre pode decidir falar ou não falar.

BARENBOIM

Em Wagner a música descreve não apenas quem é o personagem ou o que está prestes a dizer, como também os sentimentos que está experimentando. A música dá uma ideia muito clara do seu estado de espírito.

Em certos casos é como se a orquestra se antecipasse. Em outros, mesmo sem se antecipar, a orquestra transmite o estado de espírito do personagem antes que ele comece a falar, ainda que depois diga o contrário.

É precisamente este o problema de *Così fan tutte*. Talvez a música seja sincera, mas o texto não.

Pode ser que não se possa afirmar isso com certeza, porque, a meu ver, a música jamais pode afirmar uma coisa única. A música diz uma coisa e o seu contrário ao mesmo tempo, sempre. Esta é justamente uma das definições do fenômeno som. Tudo depende da pessoa que o recebe. Se você escuta um disco e está num estado melancólico, então a música e a interpretação daquele excerto vão se tornar para você definitivamente melancólicas. Duas horas mais tarde, ou no dia seguinte, você pode estar num estado de exaltação, feliz; se voltar a escutar a mesma interpretação do mesmo disco, você vai se descobrir nela como diante de um espelho. Quem tem sensibilidade para a música frequentemente encontra nela um reflexo do próprio estado de espírito. Por isso, quando se fala de música, na verdade estamos falando do modo como cada um a recebe. Ainda que, muitas vezes, seja a música que produza um determinado estado de espírito.

Wagner é tudo, menos um músico extravagante, emotivo ou que trabalharia por intuição. Disso eu tenho certeza. Cada aspecto é perfeitamente calculado. A meu ver, uma parte do gênio de Wagner está no fato de que ele não deixa qualquer possibilidade de se perguntar se é cálculo ou instinto. Os dois estados de espírito andam sempre lado a lado.

Tomemos como exemplo a orquestração, o peso dos instrumentos. Boulez dizia que Wagner é como um açougueiro: calcula que para cinquenta gramas de carne bovina precisamos de vinte gramas de porco. A orquestração de Wagner é assim. Com diversas orquestrações ele sente melhor a transformação dos acordes. É como se tivesse feito um cálculo exato: o peso do trompete é de X gramas, o peso do oboé, de Y gramas; sendo assim, tudo junto, dá exatamente tanto.

CHÉREAU

Agora queria perguntar a você: por que existem uns momentos no *Tristão* em que a mesma frase é repetida?

Acontece, por exemplo, no encontro entre Brangäne e Isolda no primeiro ato. A primeira frase, Brangäne não escuta. No meio da narrativa existe uma entrada com uma modulação muito importante feita pelo clarinete baixo. Quando Isolda está narrando, volta exatamente a mesma frase, mas com um estado de espírito completamente diferente, muito enérgico, e nessa altura é o corne-inglês que está tocando.

> *Kennst du der Mutter*
> *Künste nicht?*
> (Da sua mãe não conhece
> as artes?).

BARENBOIM

Isso é interessante mesmo. É um ótimo exemplo porque é muito simples.

CHÉREAU

Está escrito em cima da mesma melodia. As notas e as palavras são as mesmas.

BARENBOIM

Sim, e utilizam o mesmo texto. Mas, ainda que as palavras sejam as mesmas, ela pensa outra coisa, e assim Wagner faz uma orquestração diferente!

Eu queria citar uma outra passagem interessante para ilustrar o cálculo minucioso de Wagner. Diz respeito à diferença entre a primeira e a última vez em que Tristão diz "Isolda".

A primeira vez é depois do filtro, a última quando ele está prestes a morrer. Aqui Wagner acrescenta uma dissonância nos baixos, que na primeira vez não existia. O interessante é este clique, o lance de gênio.

Depois do filtro, primeiro ela diz "Tristão", depois ele diz "Isolda", e a música continua em *sfumato*. No final, quando Isolda chega, em vez disso ela diz "Tristão! Ah!", com uma pausa. Não existe um fluxo contínuo, apenas muita música, uma grande espera, e depois um buraco enorme. Nenhum texto. A música estanca; depois o oboé fecha a frase. O violoncelo toca um lá em solo, que é a primeira nota da ópera. Segue um acorde com os fagotes, que pela primeira vez transmite o sentimento de uma harmonia um pouco estável. Neste ponto começa a evolução, como no prelúdio, mas com um sentido de incompletude, de dissonância, que não encontramos nele. Porque lá a dissonância existe desde o princípio, enquanto aqui só quando ele diz "Isolda" pela última vez. É preciso acrescentar que este tema foi ouvido umas dez vezes na ópera, mas esta é a única em que há uma dissonância, uma mudança, uma modulação do clarinete baixo que altera tudo. Chega até mesmo a ser um som que se prolonga. Com efeito, no primeiro ato, ele diz "Isolda", enquanto no final ele diz *I – sol – da*.

Conto tudo isso em detalhes para demonstrar que em Wagner nada é intuitivo. Ele não duplicou a velocidade sem perceber. Tudo é calculado. É por isso que considerar Wagner um compositor de intensa emotividade é ao mesmo tempo verdadeiro e falso.

Mesmo sendo tão emocional, Wagner calcula cada coisa, e não uso o termo "calcula" no sentido pejorativo. O cálculo serve para fazer tudo funcionar de maneira emotiva. Existe uma relação entre a racionalidade, o planejamento e os efeitos. Não creio que Wagner calculasse para impressionar, para excitar, ele calculava para alcançar expressão.

Chéreau

Ele tinha consciência de que toda ópera precisa de uma estrutura, que a estrutura tinha de ser a mais precisa possível e que a música permite construir estruturas bastante complexas.

Barenboim

Para mim, Wagner é a prova de que o rigor não é um elemento que restringe, mas justamente o contrário, ele permite ampliar.

CHÉREAU

Tem outro caso que me deixa atônito e sempre me surpreende. Acho que é depois de terem bebido o filtro que existe uma variação sobre o mesmo tema do prelúdio. Existe um acento muito forte, depois um acorde muito mais forte ao fundo. Enquanto lá, no prelúdio, o acorde conduzia àquele *crescendo* gigantesco que explodia, aqui fica no fundo e não usa os mesmos instrumentos. No prelúdio, porém, onde tudo crescia, explodia e se abria, havia também a resolução de qualquer coisa, ao passo que aqui este acorde é sufocado.

BARENBOIM

Sim, se fosse outro compositor, existem algumas questões que levariam a pensar que ele negligenciou ou nem percebeu.

Por exemplo, aquela história do mi sustenido e do fá sustenido no prelúdio do primeiro ato. Quando é o violino que está tocando, existe uma colcheia mais curta do que quando o filtro foi bebido, no final do ato. No entanto, não penso que se trate de um descuido. Wagner calculou isso, sentiu sua necessidade. E, àquela altura, o músico tem a responsabilidade de se perguntar por quê. E não pode dizer que prefere que seja do mesmo comprimento e mudá-la. Não se pode fazer isso. É preciso encontrar um motivo que justifique a diferença de extensão.

Depois do filtro, segue uma música quase atonal, à Schoenberg, que volta no terceiro ato. Existe uma citação do prelúdio, que depois se dissolve; portanto, sobra um tremor de tímpano ao qual, pouco a pouco, se juntam os instrumentos de corda. Existe uma imagem dos instrumentos de corda, com uma duração de som intencional, extrema, a qual nunca encontra uma correspondência no palco. De todas as encenações que vi, ou de que participei, você é o primeiro diretor que segue a música.

4.

RIQUEZA DA AMBIGUIDADE TONAL

Evolução e revolução do som. Modulações inovadoras, acumulação extrema das tensões tonais, ausência de resolução da ambiguidade harmônica e confusão psicológica.

BARENBOIM

A ambiguidade na vida pode ser considerada uma fraqueza, ao passo que em música pode ser uma riqueza. Desde o momento em que existe uma dissonância, está criada a ambiguidade: isto oferece maiores possibilidades de resoluções harmônicas.

A meu ver, a ambiguidade em ópera não é não saber o que fazer, mas ter diferentes possibilidades. E é isso que cria a tensão. É evidente que, em cada ato, existe um número enorme de sonoridades, existem modos diferentes de se produzir o som. Existe – por assim dizer – uma chave da sonoridade. Não digo uma sonoridade de base, mas uma chave para a sonoridade indispensável a cada ato, que toda vez é diferente.

Estou convencido de que o segundo ato tem menos necessidade de dureza sonora em relação ao primeiro, que é repleto de acentos. Grande parte do primeiro ato está redigida muito *piano*, ainda que existam passagens redigidas muito *forte*. No primeiro ato existem, portanto, interrupções e não se tem a mesma continuidade do som que se encontra no segundo. Aqui, mesmo quando os personagens discutem, quando as histórias são narradas, mesmo na primeira cena de Brangäne e Isolda e, em seguida, na primeira parte da segunda cena entre Tristão e Isolda, tem-se uma continuidade do som que é diferente daquela do primeiro ato. Se, do ponto de vista do som, o primeiro ato é revolucionário, o segundo ato está em evolução, existem longas transformações e grande continuidade.

Muitas vezes eu mesmo me fiz esta sua pergunta sobre o prelúdio do terceiro ato. Nesta música, o que dá a sensação de que muito tempo se passou? Existem vários elementos, mas não aqueles nos quais comumente se pensa, como o volume ou a velocidade; de fato, o prelúdio do terceiro ato é bastante lento. Já no segundo, a música era lenta, como no prelúdio do primeiro ato, mas era um outro tipo de música. Assim sendo, não se trata de uma questão de dinâmica ou de velocidade.

Até a harmonia é diferente: subitamente estamos em fá menor (uma tonalidade estranha numa ópera escrita em lá).

Quando se fala do *Tristão* se pensa na atonalidade à Schoenberg. Não está certo, deve-se muito mais falar de tonalidade expandida ao máximo, como um elástico. Isto significa que então as possibilidades de desenvolvimento harmônico estão multiplicadas. E a atonalidade será uma consequência. Todavia, este não é o caminho de Wagner em direção à atonalidade.

E é claro. Ele escreveu um final da versão de concerto para o prelúdio do primeiro ato, que no entanto nunca é tocada. Não sei a razão, uma vez que, por outro lado, a versão tradicional do prelúdio, junto com a morte de Isolda, frequentemente são executadas em concerto. Esta insólita versão do prelúdio termina em lá maior (em vez do lá bemol com que termina a versão tradicional), sugerindo que talvez seja esta a tonalidade escondida de todo o primeiro ato.

Depois tem o segundo ato que termina em ré menor. E é bem óbvio, porque lá maior e ré menor estão ligados.

Em seguida tem este fá menor, quando começa o terceiro ato. Ele se inicia num campo harmônico totalmente estranho, enquanto o fim do terceiro ato está em si maior.

A tonalidade é um elemento fundamental da música porque, uma vez definida, dá também àquele que não a lê, mas é sensível, a sensação de estar em sua própria casa. Eis porque, quando a tonalidade é modulada, sabemos que vamos para um outro lugar e que nos encontramos num terreno que não é o nosso, portanto, menos seguro.

Dou a você um exemplo simples. É como quando estamos na nossa própria casa e depois começamos a sair e vemos ambientes desconhecidos. Ficamos menos seguros, porque não sabemos o que vamos encontrar fora, enquanto em casa sabemos o que existe em cada cômodo.

Falando em termos tonais, esta relação entre estar na própria casa ou perto dela está superada. Com Wagner se está num outro lugar, durante quase cinco horas de música o compositor joga com esta sensação de estar próximo ou distante, e com a direção que se poderia tomar.

O famoso *acorde do Tristão*, no início, não foi colocado ali só para criar uma tensão, foi muito mais para oferecer várias possibilidades de resolução. Wagner não adota nenhuma delas, jamais resolve completamente o acorde. Ele o resolve apenas parcialmente, e isso dá a possibilidade de uma outra tentativa. Depois, desenvolve-se novamente e assim acaba por haver um acúmulo de semirresoluções...

Por outro lado, este não é um elemento trágico. Poderia até ser um componente dele – ressalvando-se que não é o caso no *Tristão* –, ainda que o princípio seja o mesmo.

É como responder a uma pergunta com outra pergunta, que ademais é o princípio que está na base da piada hebraica. Perguntam a um judeu: "Por que vocês judeus sempre respondem a uma pergunta com outra pergunta?". Ele responde: "Por que não?".

É assim mesmo. Este princípio de não resolver, vez após outra, abre para outros desenvolvimentos. Não é um elemento trágico nem um elemento cômico. Para Wagner, é só um elemento da construção.

CHÉREAU

De uma construção que faz também com que a ação não cesse e que, para progredir, se desenvolva sempre algum outro aspecto.

BARENBOIM

A ambiguidade harmônica no prelúdio do *Tristão*, por exemplo, nunca é verdadeiramente resolvida, ela o é apenas parcialmente. Sobram, de fato, resíduos de tensão que permitem continuar. Então se cria uma outra etapa sobre a anterior, e é um crescimento, uma acumulação sem limite.

Por isso se diz que a questão proposta por Wagner com o célebre acorde inicial encontra a própria conclusão apenas depois de quatro horas e meia de música, com os últimos acordes, no final da ópera; é quando finalmente se encontra o verdadeiro repouso harmônico. Como se a resposta harmônica definitiva chegasse somente com a morte.

5.

MODULAÇÃO E CONCEPÇÃO DO *TEMPO*

O princípio da flutuação da velocidade da música. Construção matemática das variações de tempo *e dinâmica. A acumulação de tensão harmônica.*

BARENBOIM

No seu livro *Über das Dirigieren* [*Sobre a direção*], que para mim continua sendo um dos principais textos sobre a ideia de fazer música, Wagner fala da possibilidade de uma flexibilidade do *tempo*, da velocidade da música (mesmo se tiver de permanecer imperceptível) e de quanto ela é necessária para compreender o *melos* (o aspecto melódico da partitura).

Creio que o *tempo* desempenhe um papel fundamental. A meu ver, a decisão sobre o *tempo* da execução é talvez a decisão mais importante que um músico pode e deve tomar. Mas é essencial que ela seja tomada no momento certo, isto é, depois de ter analisado e examinado o conteúdo sonoro. Se se decide o *tempo* no começo do trabalho de preparação, aí você se torna escravo dele. Pode-se ajustar um metrônomo e experimentar estimar quanta música pode ser executada naquela velocidade. É evidente que se deve ter uma ideia dos trechos rápidos, dos lentos, dos menos rápidos e dos menos lentos. Mas a decisão final deve ser tomada apenas quando se tem realmente todas as informações, quando o conhecimento do volume e da intensidade sonora presentes em toda a música a ser executada foi assimilado.

Tomar a decisão correta é fundamental. Se, de fato, existe tensão demais e muito material para ser ouvido, e se for executado com excessiva velocidade, consegue-se transmitir apenas a metade das coisas. Ao passo que, se for executado com excessiva lentidão, tudo se desfaz, a tensão se perde. Assim, a decisão sobre o *tempo* é muito importante. Mas tem de aparecer no final, quando realmente tudo já foi destrinchado.

Além disso, em todos os diálogos – para não dizer nos duetos, tanto entre Wotan e Brünnhilde quanto entre Tristão e Isolda, e Brangäne e Isolda –, existe sempre o princípio da flutuação do *tempo*.

Isso significa que existem três tipos de *tempo*.

O *tempo* vertical, metronômico, por assim dizer militar, que não se mexe nem para a direita nem para a esquerda, que não recua nem se adianta.

Depois, existe justamente o *tempo* que tende a recuar, e o *tempo* que tende a se adiantar.

Em todos os duetos de Wagner é essencial identificar o personagem que recua e o que se adianta.

No segundo ato, na cena com Brangäne e Isolda, é Isolda quem recua e Brangäne quem se adianta. De fato, esta última quer que a outra perceba a situação difícil em que vai se meter. Na cena principal do primeiro ato, quando Tristão aparece no final, acontece exatamente o oposto: é Isolda que vai sempre mais rápida, que tem a tendência a avançar. Não se trata de mudar o *tempo*, mas de deixar-lhe a flutuação necessária para dar a ilusão de que ela vai à frente e de que Tristão está sempre atrás.

Por isso, é usado um metrônomo, a música deve se alinhar no começo e no fim, mas não no meio. Porque se música e metrônomo vão a par um do outro, significa que não existe flutuação. E isso é muito simples de conferir. Se pegamos um *tempo* e, na quinta cena, ficamos rigorosamente inflexíveis entre Tristão e Isolda, não vamos conseguir exprimir nada daquilo tudo que é dito ou de tudo aquilo que há na música. Por isso a decisão é fundamental. E é evidente que deve estar sempre ligada àquilo que se diz e à situação de controle de cada personagem. Quando chega, Tristão tem o controle da situação porque não quer dizer nada...

CHÉREAU

Ele se retrai porque não quer revelar nada.

BARENBOIM

Ele é um pouco reticente e isso enlouquece Isolda. Cada vez que ele começa a falar, ela tem vontade de interrompê-lo. Mas não é preciso exagerar, porque ele não quer demonstrar nada, atrasa um pouco o tempo, mas não o altera. Se exageramos, interrompemos a lógica musical. Esta tendência, no entanto, deve existir. Wagner se refere exatamente a isso quando fala da flutuação do *tempo* para exprimir o *melos* na música.

CHÉREAU

Existe uma cena fascinante, para mim uma das mais fascinantes d'*O crepúsculo dos deuses* [Götterdämmerung], que é a primeira cena do segundo ato, um diálogo entre Alberich e Hagen, em que o primeiro canta mais ou menos no dobro da velocidade do segundo.

BARENBOIM

Exatamente o dobro. Em Wagner existem coisas importantes na relação com o *tempo*.

Uma delas é quando existe uma relação do dobro ou da metade. Por exemplo, no terceiro ato, quando Tristão desperta: é exatamente o dobro da passagem anterior. É o mesmo *tempo* (a velocidade de base permanece a mesma), mas duplicado.

Por outro lado, este princípio já existia havia muitos anos. Na prática, todos os finais de Mozart são num só *tempo*. É sempre o dobro ou a metade, mas, de todo modo, um só *tempo*. Toda a tensão do final no primeiro ato de *Don Giovanni* deriva exatamente do fato de que existe uma velocidade de base que permanece a mesma, com uma duplicação ou uma diminuição pela metade.

Outro aspecto é a mudança de *tempo*. Quando existe uma real mudança de *tempo* em Wagner, verificam-se dois casos. Pode haver uma transição que leva ao dobro do *tempo*, se partimos do mais rápido e baixamos ao mais lento, para o qual desaceleramos de modo perfeitamente gradual, e depois, ao final da desaceleração, já nos encontramos no *tempo* novo; ou, quando o *tempo* está pela metade, e quando então desaceleramos, é preciso produzir uma desaceleração tal que, ao final, tenhamos o dobro. Isto é, ao final da desaceleração, a *colcheia* se torna igual à nova *semínima*. Mas não existem indicações precisas sobre a transição.

É o mesmo problema da velocidade das mudanças na dinâmica. Quando há pouco tempo, um *crescendo* é feito de forma diferente: é preciso fazê-lo de forma muito rápida, senão não se consegue. É necessário calcular isso com precisão, matematicamente. Se se tem oito compassos, então se pode aumentar gradualmente.

O mesmo acontece com o *tempo*: ao final de uma mudança nele, é preciso chegar a uma relação matemática. Não é uma coisa instintiva que se pode fazer segundo o próprio estado de espírito ou conforme a impressão que se tem. O estado de espírito, às vezes, faz você fazer tudo um pouco mais rápido ou tudo um pouco mais devagar. O princípio da relação matemática na mudança de *tempo*, como no caso da velocidade da dinâmica, do *crescendo* e do *diminuendo*, deve ser o resultado de um cálculo preciso.

O primeiro compasso da partitura do *Tristão*, em *crescendo*, está perfeitamente calculado em seu andamento. No início, o violoncelo deve executar o *crescendo* de modo que, no final da última nota do primeiro compasso, haja o acorde com todos os instrumentos de arco que estão tocando naquele momento. Isto é, juntam-se numa espiral. Se vamos de um ponto ao outro, e existem seis *colcheias*, não se deve aumentar o andamento em quinze por cento a cada *colcheia*, devemos ajustar no final da passagem. É preciso avançar em espiral. Deve-se obter uma acumulação calculada na alteração da dinâmica.

No segundo ato temos outro exemplo, no dueto de amor, depois do segundo aviso de Brangäne (*Habet acht!* Tenham cuidado!). Numa primeira vez, a mesma música tinha sido ouvida depois do primeiro aviso de Brangäne, quando Isolda responde: *Lausch, Geliebter!* (Escute, amado!). Na minha opinião, é quase evidente que quando a mesma música retorna pela segunda vez (e desta vez Tristão responde: *Soll ich lauschen?* Devo escutar?), e portanto ela é ouvida novamente, o *tempo* deve ser um pouco menos lento em relação à primeira vez, ainda que não esteja escrito. Mas deve ficar imperceptível, realmente tem de existir uma certa fluidez, sobretudo porque é algo que já sabemos. A harmonia mudou, mas a melodia é a mesma.

As melodias são as mesmas, mas a passagem está então numa outra tonalidade, mais alta. Esta é a modulação.

Numa sinfonia de Mozart, o mesmo tema retorna três, quatro ou cinco vezes sem modulação, exatamente para estabelecer a sensação de nos encontrarmos em nossa própria casa nessa tonalidade. Depois temos a mesma nota numa outra tonalidade, em que ele modulou. É exatamente a mesma palavra, numa outra situação.

A grande unidade do segundo ato do *Tristão* é precisamente esta: a relação da modulação harmônica com a transformação do *tempo*, com a variação do estado de espírito. Isso não pode ser fruto do acaso. Não é um momento de inspiração. É claro que é inteiramente construído.

6.

MEMÓRIA DA AUDIÇÃO

Acumulação de tensão. Registro inconsciente de diversas transformações. A escuta retrospectiva.

BARENBOIM

Acredito muito na memória do ouvido. E estou convencido de que muitas vezes Wagner constrói a música dirigindo-se a essa capacidade do ouvinte. Queria dar-lhe um exemplo importante.

No segundo ato, após toda a conversa inicial entre Tristão e Isolda, chega o grande momento do dueto de amor:

> *O sink hernieder,*
> *Nacht der Liebe*
> (Oh, desça aqui,
> noite de amor).

Então sobe a tensão. Há a intervenção de Brangäne, que diz:

> *Habet acht!*
> *Habet acht!*
> *Bald entweicht die Nacht*
> (Tenham cuidado!
> Tenham cuidado!
> Logo a noite cederá).

Isolda responde:

> *Lausch, Geliebter!*
> (Escute, amado!).

Depois o dueto de amor surge de novo. Em seguida, há uma segunda intervenção de Brangäne, que roga:

> *Habet acht!*
> *Habet acht!*
> *Schon weicht dem Tag die Nacht!*

> (Tenham cuidado!
> Tenham cuidado!
> Já a noite cede ao dia!).

CHÉREAU

E volta a mesma música.

BARENBOIM

A música volta, desta vez um semitom mais alto. Primeiro estava na dominante de sol bemol, agora está em sol maior, quando Tristão responde:

> *Soll ich lauschen?*
> (Devo escutar?).

CHÉREAU

E ali o diálogo está invertido.

BARENBOIM

Sim, está invertido, está um semitom acima. Depois, com Marke, e desta vez sem Brangäne, ainda está um semitom acima.
Não penso de modo algum que tudo isso seja efeito do acaso.
No início, depois da primeira intervenção de Brangäne, Isolda diz:

> *Lausch, Geliebter!*
> (Escute, amado!),

e ele:

> *Lass mich sterben!*
> (Deixe-me morrer!).

Então ainda dizem um ao outro:

> *So stürben wir*
> (Morreríamos assim).

Portanto, há uma segunda intervenção de Brangäne:

> *Habet acht!*
> *Habet acht!*
> (Tomem cuidado!
> Tomem cuidado!).

Agora é ele quem responde *Soll ich lauschen?* (Devo escutar?). E está um semitom acima que o anterior *Lausch, Geliebter!* (Escute, amado!) de Isolda.

Em seguida, há a grande intervenção de Marke, e quando tudo se repete pela última vez, está de novo um semitom mais alto.

Existe uma longa passagem orquestral de uma ambiguidade desnorteante, expressa musicalmente por um meio muito simples, o da *enarmonia*. Isto é, o si bequadro agudo torna-se dó bemol, que depois se transforma num dó natural, presente no acorde de lá bemol maior, no ponto em que Tristão diz:

> *Wohin nun Tristan scheidet,*
> *Willst du, Isold´, ihm folgen?*
> (Para onde Tristão está indo,
> você o quer seguir, Isolda?).

Acredito muito na memória do ouvido. É isso que, em música, determina toda a extensão, a acumulação, a repetição. Da música mais clássica à música mais moderna, frequentemente se faz uso da repetição. O ouvido é um órgão da memória; estou convencido de que, mais ou menos conscientemente, quem ouve se dá conta de que naquela passagem a música é a mesma, mas foi modulada e passada para um semitom mais alto. Ainda que ela seja ouvida muito tempo depois, tem-se a impressão de que é a mesma, mas, agora, ligeiramente diferente. Como quando se diz a mesma coisa, usando as mesmas palavras, mas com outra intensidade de voz.

C*héreau*

Existe uma importante sequência, logo depois das duas recomendações de Brangäne. Na primeira vez é assim:

> Isolda: *Lausch, Geliebter!* (Escute, amado!)
> Tristão: *Lass mich sterben!* (Deixe-me morrer!)
> Isolda: *Neid'sche Wache!* (Invejosa sentinela!)
> Tristão: *Nie erwachen!* (Nunca mais despertar!).

Ao passo que, na segunda vez, é exatamente o contrário:

> Tristão: *Soll ich lauschen?* (Devo escutar?)
> Isolda: *Lass mich sterben!* (Deixe-me morrer!).

Mas desta vez tem uma anotação do compositor: *Tristão sorrindo, inclinado para Isolda.*

É ela quem lhe responde agora, e é por isso que antes eu dizia que ela aprendeu a lição:

> *Lass mich sterben*
> (Deixe-me morrer).

Logo, ela retoma as palavras que ele já lhe havia dito.
Ele lhe diz:

> *Muss ich wachen?*
> (Devo despertar?),

e ela responde:

> *Nie erwachen!*
> (Nunca mais despertar!).

Desta vez é ela quem diz isso. É o contrário.
Depois Tristão:

> *Soll der Tag*
> *noch Tristan wecken?*
> (Mas o dia
> despertará Tristão ainda?),

e é ela quem lhe responde:

> *Lass den Tag*
> *dem Tode weichen!*
> (Deixe que o dia
> ceda à morte!).

Isso significa que era necessária essa reconfirmação de *Lass mich sterben!*, dita por ela, para que juntos pudessem atacar a dois:

> *O ew'ge Nacht*
> (Noite eterna).

E depois, quando Marke chega, ele lhe diz:

> *O König, das*
> *kann ich dir nicht sagen;*
> *und was du frägst,*
> *das kannst du nie erfahren*
> (Oh, rei, não
> lhe posso dizer;
> e isto que pergunta,
> não poderá jamais compreender).

Depois ele se volta para Isolda – a mesma música – e lhe diz:

> *Wohin nun Tristan scheidet,*
> *willst du, Isold', ihm folgen?*
> (Para onde Tristão está indo,
> você o quer seguir, Isolda?).

Tem um gosto de invenção de conceitos, e depois um confronto com ela e uma última confirmação: "Você quer ir rumo àquela noite que eu lhe estou propondo?".

BARENBOIM

É verdade que a música é ouvida no momento em que é tocada, mas o ouvido sempre faz a comparação com as notas precedentes, com o que existia antes. A memória do ouvinte é importante.

Por exemplo, nós consideramos o ponto culminante no prelúdio do *Tristão*, na letra C da partitura*. O ouvinte não percebe isso só porque se trata de um ponto culminante, mas ele recebe uma carga de intensidade e tensão ainda maior exatamente porque existe um processo musical que o precede. Portanto, no momento em que escutamos um acorde, somos capazes de reelaborar tudo o que ocorreu antes. Em outras palavras, a música também sempre age, seja sobre o ouvinte, seja sobre o músico, de forma retrospectiva. Isso porque a segunda nota de uma ópera já tem um passado, um presente e um futuro.

---

* Com a finalidade de simplificar os ensaios, na maioria das vezes, os editores (ou mesmo os compositores), para facilitar a localização das passagens musicais, numeram os compassos e/ou fazem a divisão estratégica da obra em partes, no início das quais são colocadas letras, em geral, maiúsculas, como "A", "B", "C" etc. (N. T.)

Os grandes temas

1.

DIALÉTICA DO DIA E DA NOITE
A contraposição não é mecânica. O dia como duplo do lugar público. A noite como lugar da verdade e espaço interior da alma.

CHÉREAU

A dialética entre os dois conceitos não é retórica. É verdade, a noite é sempre maravilhosa e de certo modo é comparada ao interior da alma. É a obscuridade, mas nunca é lúgubre nem trágica. É tranquilizadora e o lugar da verdade. É um conceito positivo.

Mas o dia não é sistematicamente negativo. Por exemplo, no terceiro ato, é o dia que é preciso esperar, com o dia Isolda vai aparecer.

Quando Isolda chega, Tristão diz: *hör' ich das Licht?* (ouço a luz?).

Tenho de confessar que, até os meses de julho-setembro, eu me enganei na interpretação, pensando que essa dialética fosse mecânica. Ou seja, que o dia fosse negativo, totalmente negativo, e a noite fosse totalmente positiva.

A noite é sempre positiva, sempre acolhe o lugar da verdade. Ao passo que o drama, o problema do dia, é que este é ambíguo, mas não negativo, isto é, pode ser alegre ou falso e ao mesmo tempo é o lugar em que estamos obrigados a viver. No terceiro ato, Tristão diz: "Fui enganado pelo dia". O dia não é necessariamente portador de mentiras, mas de duplicidade, sim.

Ainda que nem sempre. Numa passagem, Tristão diz: "Tive de sucumbir às tentações do dia, às convenções da glória e das honras". É uma afirmação para aquela circunstância, mas não vale para toda a ópera. Outros aspectos, em contrapartida, valem para toda a ópera. A noite, depois que eles a descobrem e se refugiam nela, é sempre bela, algo a ser alcançado, sempre rica de valores. Por outro lado, o dia, naquela circunstância, é mau.

No seu discurso, Tristão diz mais ou menos assim: "Foi por causa do dia que enganei você". Ele procura se defender, numa situação sem saída. Já nos perguntamos por quais motivos ele foi procurar Isolda e, sobretudo, por que anteriormente ele havia convencido Marke a se casar com uma mulher – bem aquela mulher – e depois ele mesmo a foi buscar?

Eu insistia em dizer que a sua defesa não era nada clara, que ele não é um bom advogado para a sua própria causa. Prova disso é a segunda versão dos fatos, um pouco diferente, que ele apresenta no final do segundo ato.

A propósito, com a sua sensibilidade feminina, Waltraud Meier me disse uma coisa decisiva: "Talvez você tenha razão, mas naquele momento da ópera [na metade do segundo ato], quando Tristão me diz isso, ele me convence e isso me basta". Pareceu-me ótimo. Isso que ela diz é pertinente, muito pragmático. Isolda sabe que é falso, mas naquele momento ele encontrou as palavras que a convenceram. E para ela está bem assim. Quando Waltraud me disse isso, eu a abracei e lhe respondi: "Você tem toda a razão, eu também vou fazer a mesma coisa".

É a célebre explicação de Tristão no começo do segundo ato, depois de *Der Tag! Der Tag!* (O dia! O dia!):

> *Was mir so rühmlich*
> *schien und hehr,*
> *das rühmt, ich hell*
> *vor allem Heer;*
> *vor allem Volke*
> *pries ich laut*
> *der Erde schönste*
> *Königsbraut.*
> *Dem Neid, den mir*
> *der Tag erweckt';*
> *dem Eifer, den*
> *mein Glücke schreckt';*
> *der Missgunst, die mir Ehren*
> *und Ruhm begann zu schweren:*
> *denen bot ich Trotz,*
> *und treu beschloss,*
> *um Ehr' und Ruhm zu wahren,*
> *nach Irland ich zu fahren.*
> (Aquilo que me pareceu
> glorioso e sublime,
> exaltei claramente
> diante das tropas;
> diante do povo
> em voz alta exaltei
> a real esposa
> mais bela da Terra.

A inveja que o dia
contra mim despertava;
o ardor que
a minha glória ameaçava;
a suspeita de que para mim honra e fama
desde então passavam a pesar:
tudo desafiei
e firme decidi,
para guardar honra e fama,
ir-me para a Irlanda).

Assim, a relação entre dia e noite não é tão mecânica. Não é uma dialética à Brecht: um é mau, a outra é boa, ou algo parecido. É mais complicado e também mais interessante. A noite é unívoca e assume sempre o mesmo significado. O dia, por outro lado, é ambíguo.

Tristão muitas vezes compara o dia à glória, às honras e às convenções. Na música existem até acentos um tanto militares, que contudo não são mais retomados na sequência. Até a figura do herói é uma referência presente no primeiro ato.

BARENBOIM

No primeiro ato, quando Kurwenal intervém, a música pode se tornar bastante ritmada. Ritmada, sim, mas não militar.

CHÉREAU

Parece mais militar quando diz:

Sein Haupt doch hängt
im Irenland,
als Zins gezahlt
von Engeland:
hei! Unser Held Tristan,
wie der Zins zahlen kann!

(Pendurada a cabeça
em sua terra,
eis o tributo
da Inglaterra:
viva Tristão nosso campeão,
que assim paga a contribuição!).

Mas o tom não é só militar. Tem também a noção de servir ao Estado. De fato, fazem referência às grandes cerimônias públicas nas quais se jurou a paz. Mas também é verdade que no primeiro ato não se fala só de questões públicas, fala-se também de questões militares: a decisão da paz logo após o combate, a guerra. E se fala de Tristão como de um herói de guerra. Então, para recuperar aquele conceito – o dia é suscetível de discussões, que podem conduzir a diferentes significados e avaliações: o dia pode ser *interpretado*.

2.

O AMOR

Devoção de Kurwenal e do rei Marke por Tristão. Lenta descoberta de uma linguagem comum entre Tristão e Isolda. Os quatro encontros: do primeiro olhar à conquista do completo entendimento metafísico na "morte de amor". Tristão converte Isolda à sua filosofia da noite eterna.

CHÉREAU

Muitas vezes a amizade foi considerada um dos principais temas do *Tristão*: por exemplo, a ligação entre Tristão e Marke. Todavia, eu não acho que seja um dos temas fundamentais da ópera.

Não diria amizade, mas muito mais devoção: de Kurwenal por Tristão, de Brangäne por Isolda, ainda que, no primeiro ato, Kurwenal e Brangäne sejam personagens cegos e indecisos, que provocam tragédias e desastres. E amizade tampouco é a palavra adequada para caracterizar a relação entre Marke e Tristão. Marke afirma de modo explícito que, desde que Tristão está junto dele, não quis mais se casar para não ter outros filhos. Portanto, Tristão é para ele um verdadeiro filho, ainda que adotivo. O texto de Marke, ao final do segundo ato, é bastante interessante. Para além da ira contra Tristão, para além da traição deste último, Marke nos fala da virtude, da coragem, da fidelidade de Tristão, e consegue desvendar o amor, a profunda relação entre eles dois. Uma relação intensa, ainda que ao final ela desmorone e só restem ruínas, as ruínas da amizade e da fidelidade, a destruição total dos vínculos anteriores. Portanto, não vejo amizade, que me parece um termo fraco demais.

Durante os ensaios, examinei aspectos do *Tristão* que eu já conhecia, mas que ainda estavam sendo experimentados e discutidos, porque esta é uma ópera que não pode ser realizada sem um longo período de estudo. E por todo o ano anterior, no começo dos ensaios, eu procurei aprofundar o texto. Procurei contar a mim mesmo a história e entender todos os elementos, mas indo também mais além da simples palavra "amor".

"Amor" é um termo reducionista em relação a *Tristão*. Os dois protagonistas fazem uso dele e o definem sempre de uma maneira diferente. A grande discussão do segundo ato, durante quarenta minutos, é sobre como encontrar uma linguagem comum, um completo entendimento, profundo, metafísico, sobre o objetivo que se quer dar à própria vida, sobre como viver ou não viver, mas estando juntos.

O meu trabalho consistiu apenas em contar bem e de forma correta esta história. No primeiro ato, o que é interessante é que um dos personagens (Isolda) fala demais, enquanto o outro (Tristão) não fala o suficiente, ou melhor, não fala nem um pouco. Nesse sentido, o *Tristão* reflete a maioria das relações amorosas. Mesmo que, na ópera, os dois nem saibam que o outro está apaixonado. Tristão e Isolda não sabem absolutamente nada um do outro.

Voltemos ao primeiro encontro deles, ao primeiro olhar, ocorrido de cinco a dez anos antes, no qual não foram pronunciadas palavras. Tristão e Isolda trocaram olhares, mas não se falaram.

Muitos anos depois ele foi procurá-la em nome de outro homem. Ela pensa que ele a odeia e ele pensa que ela o odeia. Toda a fala de Isolda no primeiro ato tem o objetivo de fazer que Tristão percorra o navio até a proa, contra a sua vontade, para falar com ela. A primeira cena entre eles vai começar graças apenas à chantagem de Isolda (que ameaça não desembarcar em terra se ele não vier até ela a fim de tomar a bebida e lhe pedir perdão).

No entanto, é necessário termos consciência de que se trata de duas pessoas que nunca se conheceram de verdade e que, em toda a vida, vão se encontrar quatro vezes, no máximo.

A primeira vez, a da troca de olhares, cerca de dez anos antes. A segunda, quando bebem o filtro, que é a ocasião do verdadeiro encontro. O plano deles era morrer e fazer chegar em terra um navio com dois cadáveres. Isso não acontece, porque no filtro não havia veneno. E, portanto, nos últimos cinco minutos do primeiro ato, eles finalmente podem revelar o que um pensa do outro. Na terceira vez, eles voltam a se encontrar dois ou três meses depois, durante os quarenta minutos do segundo ato. E aí não mais se verão até o momento em que morrem, no fim da ópera. Só no dueto do segundo ato Tristão e Isolda conseguem construir um discurso comum aos dois e contar um ao outro a sua história, através das visões do dia e da noite.

Procurei interpretar este diálogo da maneira mais correta possível e tive como referência constante o texto, que Wagner escreveu com inteligência aguda e dialética implacável. E busquei chegar finalmente ao entendimento do casal, baseado em dois conceitos fundamentais: o de nunca mais despertar (*Nie erwachen!*), primeiro sugerido por Tristão e logo depois assumido por Isolda; e depois o conceito da *Liebestod*, a morte de amor, à qual chegam ao final do segundo ato.

BARENBOIM

Tristão e Isolda tinham se visto e se apaixonado, ainda que não tivessem consciência disso. E, assim, jamais teriam falado sobre este assunto. Wagner introduz a solução ambígua do filtro mágico que você, Patrice, na sua montagem, representou maravilhosamente. Mas não acho que a explosão do amor deles tenha sido causada apenas pelo filtro mágico.

CHÉREAU

Não. Não podemos saber que tipo de olhar eles trocaram dez anos antes, quando Isolda cuidou de Tristão. Eles apenas se olharam. O que era este olhar? Um olhar de gratidão da parte de

Tristão? E para ela, que tipo de olhar foi? O olhar para o seu pior inimigo, aquele que havia matado o seu noivo Morold?

Sabemos apenas que ela tinha desejado matar Tristão com a espada, mas que não o havia feito. E que não sabe do que ele se lembra. Nunca se falaram. De fato, quando ele lhe diz "Se você gostava tanto assim de Morold, então pegue esta espada, segure-a bem e desta vez não a deixe cair", é uma forma de fazê-la saber que ele recorda as circunstâncias do primeiro encontro entre eles. Ela não sabia. Nunca se falaram. São inimigos declarados. Até porque, na sequência, ele fez a pior coisa que poderia ter feito, do ponto de vista de Isolda: após aquele olhar – dez anos depois – Tristão chega para procurá-la e levá-la como prisioneira de guerra, para casá-la com outro. E ele decide que, durante os oito dias de travessia, ele jamais irá à proa a fim de procurá-la. É uma dor para ela, percebemos pela música, é uma dor terrível, de total impotência. Mas é um sofrimento monstruoso para ele também, de quem nada sabemos. Porque ele não fala. Ainda que pudesse, não falaria jamais. De fato, a meu ver, no segundo ato, é ela quem o induz a falar, enquanto ele a converte à sua filosofia da noite eterna. É uma espécie de conversão religiosa. Ele a converte a um determinado tipo de misticismo, o do amor pela morte, o de amar e não querer mais viver.

BARENBOIM

A morte como continuação numa outra dimensão...?

CHÉREAU

É o que supomos, mas não saberemos jamais.

3.
O OLHAR: AMOR OU GRATIDÃO?

Aproximação de dois desconhecidos: piedade, traição e culpa, inimizade, vingança, gratidão do outro, amor.

CHÉREAU

Não sabemos como foi aquele olhar. Não sabemos o que cada um viu no olhar do outro, nem mesmo sabemos se se tratava de amor ou de gratidão. Da parte de Tristão pode haver gratidão, tenho certeza, porque ele foi à Irlanda para se recuperar.

BARENBOIM

Sim, mas da parte dela também: ela o perdoa porque ele demonstrou um sentimento.

CHÉREAU

Ela não o perdoou, mas a sua espada caiu.

BARENBOIM

Você acha que ela teve dó?

CHÉREAU

No dia da estreia, com a montagem que eu havia previsto, eu simplesmente descobri que, no navio, ele lhe dá a espada e ela é obrigada a deixá-la cair, como já tinha acontecido tantos anos antes, na Irlanda.

Antes dos ensaios eu não tinha pensado nisso. Waltraud dizia: *Wahre dein Schwert!* (Guarde a sua espada!), e baixava a espada.

Aí, um dia ela veio, baixou a espada e somente *depois*, guardando-a, ela disse: *Wahre dein Schwert!*.

A cena me pareceu melhor e de repente eu disse: "Espere, Waltraud, mas assim você deixa cair a espada uma segunda vez". E ela me respondeu: "Sim, é verdade".

Veja, as coisas se esclarecem até sozinhas, por acaso.

Tristão e Isolda não se viram mais desde o momento em que ela deixou cair a espada pela primeira vez. Mais que isso: nunca disseram um ao outro o que isso representava para eles. De fato, no navio, eles ainda são completos desconhecidos. Ela não sabe que ele a ama, e ele não sabe que ela o ama. Nenhum dos dois jamais falou sobre isso. Ela é uma inimiga que ele ama loucamente, a ponto de tomar a iniciativa masoquista de convencer o rei Marke a se casar com ela e de ir pessoalmente até a Irlanda buscá-la. Foi ele quem decidiu tudo.

BARENBOIM

E nesse caso qual é a sua explicação? Por que ele se portou assim?

CHÉREAU

Para voltar a vê-la e provar a si mesmo que eles não têm futuro. Para sepultar definitivamente as suas esperanças e se convencer de que aquela história é impossível.

BARENBOIM

Mas por que ele teria necessidade de sepultar as suas esperanças?

CHÉREAU

Porque ele tem dupla personalidade. Podemos nos apaixonar loucamente por alguém que encontramos algumas vezes. E um dia, por acaso, podemos descobrir que estamos bem ali, na porta da casa dele (ou dela). Aconteceu comigo. O que fazer? Vemos uma luz. Não tentamos entrar. O que se espera naquele momento?

BARENBOIM

Que a janela se abra.

CHÉREAU

De jeito nenhum. O que podemos esperar mesmo é o contrário, isto é, que não se abra. Podemos estar apavorados com a ideia de que a janela ou a porta se abra e que voltemos a deparar com o outro de novo, mas também podemos estar convencidos de que, no fim, não acontecerá nada. E ficamos muito gratos a nós mesmos porque fomos nos plantar diante daquela casa. É uma experiência da qual podemos sair cruelmente martirizados, mas também melhores aos nossos próprios olhos, porque é como um sacrifício. Mas, no instante em que a porta se abrir, podemos mudar de ideia e dizer com indiferença: "Estava passando aqui por acaso".

BARENBOIM

Seria possível dizer que o acaso não existe no mundo.

CHÉREAU

Num segundo seria possível dizer tudo. De qualquer modo, eles jamais se falaram. De repente, ela vê Tristão chegar à Irlanda pela segunda vez. As palavras que logo vêm à cabeça são inimigo e traidor. Por sorte, no segundo ato, ela lhe explica por que tentou matá-lo. Ela lhe diz: "Eu quis matar você. Você chegou como um traidor".

O que é muito belo no segundo ato é que eles recapitulam toda a história desde o começo e, no fim, conseguem se explicar.

BARENBOIM

Talvez eles tenham se falado anteriormente. Tem toda aquela história do Tantris no primeiro encontro deles. Imaginamos que eles tenham entrado em contato.

CHÉREAU

Mas nem temos certeza disso. Ele estava prestes a morrer. Sabemos que ele pronunciou o próprio nome, um nome falso, mas nada mais. Pode ser que não tenha acontecido nada. Por isso é interessante que no navio ela volte a encontrar aquele homem sobre o qual projetou tantas coisas e que mexeu com ela a ponto de desistir de matá-lo. Mas agora, no navio, ele vem buscá-la para outro. Todos sabem disso, mesmo assim eles não se falam por toda a viagem. Por isso ela é obrigada a chantageá-lo para fazê-lo ir até a proa.

Todo o problema do primeiro ato consiste em convencer Tristão a ir até a proa sem obrigá-la a ir até a popa; e, no fim, ele vai.

4.

O FILTRO E A DESCOBERTA DO OUTRO

Um brinde de expiação: veneno ou filtro de amor? O diálogo do segundo ato como viagem de reconhecimento.

CHÉREAU

Isolda encontra Tristão somente no final do primeiro ato, quando então já se avista a costa. Não há muito tempo. Ela diz que ele deve beber o *Sühnetrank*, a bebida da reconciliação, do perdão. E eles se falam tão pouco que ele pensa que o veneno é só para ele. Nem imagina que seja para ela também.

Ele bebe a metade e só então descobre que era para os dois. Ele está convencido de que se trata de veneno, mas mesmo assim bebe e pensa: "É justo". Em seguida, pronuncia palavras importantes:

> *Tristans Ehre –*
> *höchste Treu´!*
> *Tristans Elend –*
> *kühnster Trotz!*
> (Honra de Tristão –
> a suprema lealdade!
> Miséria de Tristão –
> a arrojadíssima firmeza!).

É um epitáfio, uma oração fúnebre. E bebe.

E é neste ponto que ela lhe diz: "Não! É para nós dois!". Tristão e Isolda nunca se falaram. De fato, o diálogo do primeiro ato é um não diálogo. Antes do grande dueto do segundo ato eles não se comunicam em absoluto.

BARENBOIM

A música põe isso em relevo de forma magnífica. De fato, no segundo ato, existe uma continuidade que não temos no primeiro, em que tudo é fragmentado.

Acho extraordinário que apenas no segundo ato, quando se recapitula todo o passado, exista uma narração contínua de verdade. Quando você está agindo no presente, não sabe o que vai acontecer, ao passo que quando você narra um fato do passado, conhece toda a história e assim pode se permitir ter uma continuidade, uma linha dramática.

CHÉREAU

O segundo ato é dialético. Tristão e Isolda partilham uma visão, e ela a define. A palavra que ela mais pronuncia é: *Doch* (Mas).

> *Doch, ach, dich täuschte*
> *der falsche Trank*
> (Mas, ai de mim, enganou-o
> o filtro errado).

Eles finalmente conseguem elaborar e partilhar um pensamento, uma ideologia. É precisamente no segundo ato que, juntos, eles experimentam a possibilidade de dialogar e de construir.

Antes, não tinha existido diálogo.

Para mim, existem somente os diálogos do libreto e procuro pôr de lado as hipóteses. Não acredito nas conversas que teriam existido antes, mas das quais não sobraram vestígios. Podemos supor que ela tenha sabido por terceiros o nome de Tantris. Poderíamos formular hipóteses sobre o passado, adotar a versão que nos parece mais conveniente e que radicaliza os pontos de vista, mas seria pura *interpretação*.

Procuro partir das coisas simples. É evidente que Tristão sabe do veneno contido na bebida que ela lhe oferece e que ele está prestes a beber. É a minha opinião, ainda que eu não tenha certeza de que existam vestígios disso na música. Sempre é preciso fazer uma distinção entre a análise e a minha interpretação. Procuro separar as duas coisas; sei o que é a minha interpretação e o que é a análise do texto. Por exemplo, quando ele bebe o veneno, a reação bastante violenta de Isolda é só: "Deixe metade para mim", do que deduzo que ele estava pensando em beber tudo. A essa altura podemos refletir sobre o que um sabe do outro. Ele não tinha nenhuma dúvida de que ela queria envenená-lo. O suicídio a dois jamais tinha sido planejado.

O que é fascinante no texto é que ele apresenta duas pessoas que, quando chega o momento, enfim se falam; duas pessoas que em vida jamais tinham feito isso, e então descobrem que existem muitas coisas que um não sabe sobre o outro; a primeira delas, o que um representa para o outro. Ela pensa que, da parte dele, existe desprezo e traição e que, indo buscá-la, ele a traiu. Ele nada fala sobre esta situação e pensa que ela o odeia, e com razão. Por isso, o fato de se falarem é o nó que devem desatar, o novelo que eles têm de desenrolar.

BARENBOIM

O segundo ato tem esta função: que eles descubram um ao outro.

CHÉREAU

Por isso eu sempre digo que os quarenta minutos de duração do diálogo do segundo ato são muito curtos em relação a uma vida. Naqueles quarenta minutos Tristão e Isolda dizem um para o outro talvez tudo aquilo que nunca se disseram em dez anos e constroem um futuro comum, um desejo comum.

É normal que, quando enfim falamos com a pessoa amada, fiquemos a falar por muito mais tempo. E as palavras custam a vir.

BARENBOIM

É preciso que um conheça a concepção de mundo e a trajetória pessoal do outro.

CHÉREAU

E que veja quais são as diferenças e sinta se é possível construir um ponto de vista a dois. E quanto a isso eu devo dizer que o libreto é muito, muito, bem feito.

5.

LIEBESNACHT: BRANGÄNE, TRISTÃO E ISOLDA

A "noite de amor" na presença de Brangäne. Aceleração e desaceleração. Da explosão de energia sensual à descoberta do diálogo. A "morte de amor": provocar a descida da noite, abandonarem-se para sempre.

BARENBOIM

Existem coisas, na sua montagem, que poderiam surpreender o público. Por exemplo, no dueto do segundo ato, existe, entre Tristão e Isolda, a contínua presença física de Brangäne, que fica sempre ao lado deles. Geralmente o público está acostumado a ver Brangäne distante, numa torre, de onde ela observa a cena. Além disso, muitas vezes, a sua voz está em *off*, quando dispara o seu *Habet acht!* (Tenham cuidado!). Aqui, pelo contrário, ela fica sempre próxima do casal de amantes.

E então, quando explode a paixão entre Tristão e Isolda, você os faz girar um em volta do outro, sempre separados, sem que jamais tenham um contato físico. Sob a sua direção, apenas no final, quando a música diminui, os dois conseguem se unir, no chão.

CHÉREAU

Acho que é o contrário: eles estão sempre unidos, *dialogam*, unem-se *na palavra*. O objetivo da minha direção no segundo ato é instaurar aquele diálogo e aquela dialética particular; desenvolver um raciocínio que, aos poucos, se consolida entre eles dois. Não é possível colocar em cena uma aproximação física (não podem ficar abraçados por quarenta minutos, ainda que alguns diretores façam isso...). Não é simples assim, porque aquela cena imensa é difícil de cantar.

A respeito da observação que você fez a propósito de Brangäne, a minha resposta é simples: acho que é o início de uma ideia que ainda não se concretizou totalmente. Uma vez que a cantora relutava um pouco em permanecer em cena por tanto tempo, algumas vezes ela me colocou a questão: "Por que eu permaneço?". Os cantores, em vez de tomarem a iniciativa e tocar adiante, às vezes continuam a se perguntar por que eles se encontram ali, e aí se paralisam. Isso requer muita energia mental. É extenuante. E ela teria feito melhor se tivesse sido proativa. De todo modo, acontece também com os atores. Eles se encolhem dizendo: "Encontre uma solução para mim". Eu respondo: "Não sei se esta situação lhe dá uma ideia qualquer, se lhe diz alguma coisa. A gente vê depois". É assim que brota alguma coisa nova.

Depois, durante um ensaio, decidi que Brangäne ficaria no palco todo o tempo. E isso me ajudou muitíssimo para o dueto; porque eu tinha tido a ideia, talvez ainda um pouco abstrata, de que, se existisse uma terceira pessoa que ficasse observando, o casal se veria melhor. Colocar no palco duas pessoas é mais complicado, com três logo tudo fica mais fácil. Quando temos apenas dois personagens sobre o palco, temos uma imagem mais pobre da intimidade do que quando existe um terceiro que observa, se distancia e vira de costas para não olhar. Acho que o olhar de longe dá ao casal uma maior intimidade. A ideia era esta. Três é sempre melhor do que dois. Nem sei por que, mas sempre achei isso.

BARENBOIM

A primeira vez que vi a cena fiquei fascinado, porque disse a mim mesmo: "Olho Tristão e Isolda e olho diretamente para eles. Vejo que lá também está Brangäne, que procura se distanciar". Por isso, era como se eu olhasse para eles também através dela, e isso me dava uma distância ainda maior. É como se você olhasse triangularmente, e este triângulo não fosse entre os três personagens, mas entre você-público, os dois amantes e Brangäne. Ao passo que, se ela não estivesse lá, estariam somente você e eles. É uma questão geométrica.

CHÉREAU

É exatamente isso. Às vezes são puras regras geométricas. Porque pode ser importante dar um equilíbrio: estarem eles lá em dois, e ela com eles, é melhor do que se eles dois estivessem a sós, trancados no seu mundo.

Todavia Michelle De Young (Brangäne) estava horrorizada ante a perspectiva de ter de passar na frente deles, enquanto Tristão e Isolda cantavam juntos a parte do dueto. Ela me disse: "*That's illegal!*" (Isto é ilegal!). Respondi: "Não". E aí eu perguntei a você: "Daniel, você se incomoda?". Mas ela estava horrorizada. Os cantores são atormentados pela ideia de passar diante de um colega enquanto ele canta. Em geral, eles primeiro se movimentam lentamente e depois... tchum!, muito rápido. E aí eu digo: "Não, mantenham a mesma velocidade". Aí tem aqueles que me dizem: "Mas assim eu não consigo ver o maestro". E eu digo: "Então mexa-se, sempre vai ter alguém entre o maestro e você". Aquele que canta, mesmo devendo ficar parado, pode dar um passo para ver o regente, não há problema. É claro que eu não os preguei ao chão.

Tem um truque que aprendi fazendo cinema, que é indicar sempre a direção dos olhares. Eu não me contento em colocar o corpo dos cantores em cena. Eu os coloco sistematicamente na diagonal, jamais totalmente de frente, algumas vezes de costas, e os faço cantar por cima do ombro. São truques que criam rapidamente uma tensão maior. E digo também exatamente em que ponto do texto eles devem se olhar ou voltar o olhar, ou olhar qualquer outra coisa ou para o chão. Descobri a utilidade disso quando encenei *Os contos de Hoffmann*, uma semana depois de ter terminado o meu primeiro filme. Num filme damos sempre a direção dos olhares, e, quando fazemos um campo/contracampo, o letreiro indica em que direção é preciso olhar. Isso chega ao ponto de, nos primeiríssimos planos, os personagens não poderem se entreolhar, eles têm de olhar um ponto muito próximo do objetivo. Assim, é indicada a altura, a direção, a aproximação do olhar. É importante definir a posição e o que deve ser olhado; do contrário, em teatro, se não se diz nada, os atores logo se aproximam e se falam. E o mesmo acontece com a ópera.

BARENBOIM

Quando lemos um texto ou falamos de um assunto, dizemos que temos um ponto de vista. O ponto de vista, de fato, é o da câmera. Ponto de vista é uma expressão cristalizada, mas indica exatamente este conceito. Ao pé da letra.

CHÉREAU

O segundo ato foi o meu principal problema desde 1976. Naquela oportunidade, Paolo Grassi já me havia proposto fazer *Tristão* no La Scalla, e pela primeira vez me deixou com a pulga atrás da orelha: "Por que você não experimenta fazer um *Tristão* aqui?". Ele fazia referência ao de Kleiber, planejado para 1978, que depois eu não vim a fazer.

Respondi: "Não sei", porque era 1976, novembro de 1976. Isto foi depois do meu primeiro *O anel*. Ele não o tinha visto, mas com um ar cúmplice me disse: "Ah! Porque o primeiro ato d'*A valquíria*, ah!...". E foi aquele *ah!* que me assustou. Respondi: "O que tem a ver o primeiro ato d'*A valquíria*?".

Esta questão se repetiu outras vezes. Até Katarina Ligenza a certa altura me perguntou: "Quando é que você vai fazer um *Tristão*? Porque o primeiro ato d'*A valquíria*...".

Bem, num determinado momento o meu instinto me disse que as pessoas me sugeriam fazer o *Tristão* por razões erradas, e isso porque eu tinha feito muito bem um dueto de amor n'*A valquíria*, que na verdade não tem qualquer relação com o do *Tristão*.

Não fui mais a fundo no assunto, mas fiquei sempre com aquilo na cabeça, a ponto de, no verão passado, ir comprar novamente o DVD d'*O anel* e examinar o primeiro ato da minha montagem. Era para ver o que esse primeiro ato tinha e para ter certeza de que era justamente aquilo que não devia ser feito.

Depois, sempre com o fantasma do primeiro ato d'*A valquíria* ou de todas as cenas de amor que já foram ou que podem ser levadas para um palco – e eu fiz muitíssimas delas –, analisei a música do segundo ato do *Tristão*, na qual há uma espécie de explosão de energia, que se poderia dizer sexual ou talvez sensual, no começo de: *Isolde! Geliebte! Tristan! Geliebter!* (Isolda! Amada! Tristão! Amado!), com aquela aceleração. As interpretações vão geralmente da exaltação passional ao próprio orgasmo, no final do dueto. É demais. Em contrapartida, o que me impressionou foi outra coisa: como aquela energia não dura muito tempo, pelo contrário, transforma-se muito rápido. Ainda que Tristão seja agitado e a orquestra absolutamente impetuosa e explosiva, tudo se transforma muito rápido num *decrescendo* apressado, ou melhor, numa desaceleração, ainda por cima calculada com precisão por Wagner. Tudo se transforma muito, muito rápido num diálogo. Porque

> *Wie lange fern!*
> *Wie fern so lang!*
> (Tanto tempo longe!
> Tão longe tanto tempo!)

já é uma outra discussão.

Depois, repentinamente, ela diz aquela frase magnífica:

> *Im Dunkel du,*
> *Im Lichte ich!*
> (Você na sombra,
> eu na luz!),

e ali subitamente ele responde:

> *Das Licht! Das Licht!*
> *O dieses Licht*
> (A luz! A luz!
> Oh, esta luz).

Dali eles passam para uma outra esfera, a da palavra. Eles a tomam e a usam. Depois, alguns compassos mais adiante, continuam:

> *Dem Tage! Dem Tage!*
> *Dem tückischen Tage*
> (O dia! O dia!
> Ao amargo dia).

As palavras "dia" e "luz" os incentivam a construir alguma coisa. Aqui temos uma sofisticação extrema, um maneirismo extremo, se assim posso dizer. Como na poesia cortês ou nas poesias mais complexas. A esta altura estamos bem distantes do orgasmo. Portanto, a energia sexual, se quisermos chamá-la assim, transforma-se e vira diálogo, o que é muito mais interessante.

Eu disse a mim mesmo que aqui existia uma situação para se mostrar que não era adolescente, como n'*A valquíria*, em que a cena se encerra num ato amoroso e num entusiasmo que, imagino, seja o máximo do ato amoroso que seria possível mostrar no século XIX. Aqui existe uma transformação numa dialética cerrada, na qual ela discute, lado a lado, até que tenham atravessado todos os estágios. Eu disse: "É uma autêntica discussão". E é uma discussão fascinante, porque um está reciprocamente à altura do outro. Ainda não existe um acordo, mas já existe a forma de construí-lo, como construir um ponto de vista comum.

Passamos por momentos maravilhosos. Por exemplo, quando ela lhe explica por que quis matá-lo. "Tristão me traiu" e "Eu lhe dei este filtro", ela lhe diz, olhando-o nos olhos. Por isso, a certa altura, eles devem se olhar nos olhos, mas não a todo momento.

Então eles refletem juntos e ela lhe diz: "Eu quis matá-lo". E depois ainda: "Mas nas suas mãos eu reconheci aquilo que aceitei e que era a morte". E termina com:

> *Liebeswonne ihm lacht!*
> (A ventura do amor lhe sorri!).

Aqui está a primeira transição, o primeiro interlúdio. Mas, seguindo adiante, resta apenas a forma do diálogo, e não é o tipo de discussão que se tem com um nos braços do outro.

Se num diálogo se diz: "Desculpe, você não fez isso, como faço para aguentar?", imagina-se que duas pessoas caminhem de lá para cá num quarto. Pela primeira vez, ele realmente fala. Isso não diminui em nada o amor deles, mas eles descobrem uma coisa, descobrem a palavra.

As falas que ele pronuncia no primeiro ato, na primeira e na segunda cena, são, em contrapartida, muito breves e não se prestam ao diálogo.

BARENBOIM

Falam só antes de beber. É o único momento.

CHÉREAU

É a natureza de Tristão. É uma reação profundamente sua. Ele diz que vai beber e que sabe o que está bebendo. Pronuncia palavras maravilhosas:

> *Tristans Ehre –*
> *höchste Treu´!*
> *Tristans Elend –*
> *kühnster Trotz!*
> (Honra de Tristão –
> a suprema lealdade!
> Miséria de Tristão –
> a arrojadíssima firmeza!).

A desgraça de Tristão é o desafio que ele mesmo se impõe, é a honra de Tristão. Ser absolutamente fiel. É o seu desafio e ele bebe. A única coisa que ele diz, mas que é incompreensível – e isso é belo – é:

> *Des Schweigens Herrin*
> *heisst mich schweigen:*
> *fass' ich, was sie verschweigt,*
> *verschweig ich, was sie nicht fasst.*
> (A senhora do silêncio,
> silêncio a mim impõe:
> se compreendo o que ela calou,
> calo o que ela não compreende).

É assim que ele se arranja, esta é a mensagem. É a frase mais fantástica, que significa: "Sabemos o que sabemos, não falamos disso e, mais ou menos, sabemos por quê. Existem coisas que você não compreende e que eu não vou dizer, mas eu compreendo o que você não está me dizendo".

Uma montagem se assenta em coisas simples. Tristão não fala no primeiro ato, mas fala bastante no segundo. Tristão, assim, é aquele que descobre a palavra, que finalmente deixa a palavra livre.

Isso quer dizer que é ela quem o faz falar. Mas aí se chega aos conflitos. Ela prossegue: "O dia se vingou de você; porque eu odiei você, eu quis matá-lo. Mas aceitei o que você me propôs".

E quando ele lhe explica por que foi buscá-la (coisa difícil de entender), nada daquilo tudo pode ser dito com um nos braços do outro. Daquele momento em diante – e este é o aspecto interessante – torna-se necessário inventar uma outra maneira de se tocarem, um jeito que dê a entender o que está acontecendo. Mas não o amor físico, o amor físico virá talvez depois, ou já foi superado.

Antes de mais nada, não se pode fazer amor em cima de um palco. É um nível de descrição que nos é vedado, ainda mais quando se deve cantar desse jeito.

Os últimos minutos da *Liebesnacht*, a grande *Steigerung*, o tensionamento, antes da chegada de Marke, são definidos como uma verdadeira música erótica. Mas isso é válido se escutarmos apenas a música, ou seja, se não ouvirmos aquilo que um está dizendo ao outro...

Mesmo assim coisas de grande importância acontecem e são ditas na última parte do dueto *O ew'ge Nacht* (Noite eterna). Ficam sempre, no entanto, no âmbito da palavra. Se os dois falam tanto, não podem fazer amor. E, na minha maneira de ver, os refinamentos são tais que o ato sexual é esquecido. Além do mais, não tenho nenhuma certeza de que eles estejam tão interessados assim no ato físico. Sei de pessoas que se apaixonaram por terem encontrado o único parceiro verdadeiro da sua vida. Não é a mesma coisa, é dez vezes mais importante.

Diversos conceitos vêm à tona na discussão. Existe o elogio da noite, o desejo de se abandonar a ela:

> *O sink hernieder,*
> *Nacht der Liebe*
> (Oh, desça aqui,
> noite de amor).

E, no final, em *O ew'ge Nacht* (Noite eterna), aparece pela primeira vez na ópera a palavra *Liebestod* (a morte de amor).

6.

A FILOSOFIA DA MORTE

Juntos na gloriosa quietude da noite, rumo à morte.

CHÉREAU

Liebestod, a morte de amor, não é apenas uma palavra-chave. Eu a interpretei como uma conversão. Como se Tristão tivesse convertido Isolda à sua filosofia, à filosofia da morte. Esta filosofia pertence a ele, não a ela. É a sua contribuição ideológica para a ópera. Não vem dela, ela o segue.

No primeiro ato, falando com Brangäne, Isolda diz sobre Tristão:

> *Todgeweihtes Haupt!*
> *Todgeweihtes Herz!*
> (Cabeça consagrada à morte!
> Coração consagrado à morte!).

Ela quer matá-lo.
Leiamos de novo este ponto. Primeiro:

> *Luft! Luft!*
> *Mir erstickt das Herz!*
> (Ar! Ar!
> Tenho o coração sufocado!).

Então Brangäne abre as cortinas e é aí que Isolda vê Tristão, pela primeira vez, desde o dia da viagem.
Ela o olha:
(cujo olhar logo encontrou Tristão e ficou rigidamente fixo nele, fala para si sombria)

> *Mir erkoren*
> *mir verloren,*
> *hehr und heil,*
> *kühn und feig!*

> *Todgesweihtes Haupt!*
> *Todgeweihtes Herz!*
> (Por mim escolhido,
> por mim perdido,
> arrojado e forte,
> audaz e vil!
> Cabeça consagrada à morte!
> Coração consagrado à morte!).

Ela o vê e diz: "Aquele homem vai ter de morrer". Ela também deverá morrer, porque os dois estão ligados. É preciso prestar atenção (é um aspecto muito conhecido em teatro, porém, menos na ópera): essas expressões não poderiam ter sido usadas do mesmo modo numa outra situação ou num outro ponto da ópera.

O meu principal trabalho, e que por vezes dá algum resultado, é fazer que se entenda que os acontecimentos e as palavras estão envoltas em circunstâncias: aqui e agora, *hic et nunc*. Jamais estão fora do tempo que escoa. No entanto, sempre me baseio no que está escrito, inclusive nas indicações cênicas.

Ela diz:

> *Luft! Luft!*
> *Öffne! Öffne dort weit!*
> (Ar! Ar!
> Abra! Abra tudo!),

e lá, de repente, uma vez que antes a cortina estava sempre fechada, se vê aparecer o navio; e ao fundo está Tristão e o marinheiro, que ainda canta.

Aí ela ataca:

> *Mir erkoren*
> *mir verloren,*
> *hehr und heil,*
> *kühn und feig!*

Todgeweihtes Haupt!
Todgeweihtes Herz!
(Por mim escolhido,
por mim perdido,
arrojado e forte,
audaz e vil!
Cabeça consagrada à morte!
Coração consagrado à morte!).

Ela fala daquele homem que ela volta a ver pela primeira vez naquele dia. As cortinas se abrem e ela diz: "Aí está, aquela cabeça está prometida à morte".

Esta pode ser uma premonição ou uma intuição, mas ela fala justo naquela circunstância.

BARENBOIM

Você quer dizer com isso que ela o quer morto?

CHÉREAU

E ela mesma junto com ele. Acho que o coração de que está falando (*Todgeweihtes Herz!*) é o próprio coração dela.

BARENBOIM

Ela ainda não está morta e ele consegue convertê-la a essa ideologia da morte. Não é assim?

CHÉREAU

É, é assim. Por outro lado, não há dúvida de que ele porta a morte consigo. É aquilo que ele continua a repetir no terceiro ato. Por certo, é uma premonição. Não vejo nenhuma contradição. Trata-se de dois versos que não estão claros, mas que podem ser explicados pela história que se segue. Num certo sentido, é como se fosse o resumo de um filme inteiro.

> *Todgeweihtes Haupt!*
> *Todgeweihtes Herz!!*
> (Cabeça consagrada à morte!
> Coração consagrado à morte!).

Ela faz uma associação e, logo depois, muda de assunto. Ela diz só aquela frase, mas é claro que Tristão porta consigo a morte, desde o início.

BARENBOIM

Todgeweihtes Haupt! No sentido de que ele tem essa vontade de ir em direção à morte.

CHÉREAU

Mas talvez não seja com este sentido que ela diz. Existe uma diferença entre o que se diz e o que se pensa de verdade, levando-se em conta todas as consequências.

BARENBOIM

O que eu acho que entendi, e que você colocou em cena, é esta relação: ela quer que ele morra e daí, pouco a pouco, é ele quem consegue convertê-la a esta ideologia da morte. Então ela vai querer morrer com ele. Para eles, a única maneira de ficarem juntos é morrerem juntos.

CHÉREAU

Seja como for, renunciando a viver. Entrando na noite. Que é uma outra dimensão. Maravilhosa. E onde finalmente tudo se aquieta, e, enfim, eles poderão se reencontrar sem conflito.

7.

O SUICÍDIO

A atração pela morte: uma temática presente ao longo de toda a ópera.

BARENBOIM

Acabamos de dizer que grande parte desta ópera fala da morte. É interessante observar que, sem exceção, em cada um dos três atos há uma tentativa de suicídio da parte de Tristão. E, no primeiro ato, talvez também da parte de Isolda, quando ela exige a metade do veneno.

No primeiro ato, Tristão decide beber o veneno. No segundo ato, decide deixar-se matar por Melot. No terceiro ato, decide arrancar os curativos. Bem, são três ações voluntárias de Tristão em direção à morte. Por isso, acho bastante significativo o fato de que, no seu texto do programa do espetáculo feito para o Teatro alla Scala, *"Wann wird es Nacht im Haus?" Notas sobre* Tristão, *abril e outubro de 2007*, você fale do princípio do suicídio.

CHÉREAU

Eu tinha lido algumas observações nas quais a palavra suicídio é usada como a palavra amor. A palavra suicídio não se aplica a Tristão. Ele margeia a morte, dirige-se para ela, contudo não se trata de suicídio. O meu texto do programa não é recente. Eu tinha encontrado num jornal um artigo que falava de uma situação sobre a qual eu nunca tinha pensado: um psiquiatra dizia que, para aqueles que querem se matar, a verdadeira tortura é representada pelo período em que ainda não tomaram a decisão. Todavia, no exato instante em que a decisão é tomada, sobrevém a calma. Então é possível se chegar à euforia, porque, no fim, a desesperança tem um final previsto.

BARENBOIM

É sempre assim na vida, quando se toma uma decisão...

CHÉREAU

Para mim, que não tenho nenhuma tendência suicida, é sempre muito estranho pensar que se possa ter euforia com isso.

BARENBOIM

Na vida, quando você tem um problema e analisa as diferentes possibilidades, no momento em que você encontra uma solução – seja ela boa ou ruim – sobrevém a calma, porque você tomou uma decisão e sabe o que vai fazer. É evidente que a situação aqui é mais radical, mas o princípio é o mesmo.

Em qualquer caso, para Tristão, trata-se de três decisões rumo à morte. Mas é difícil fazer uma comparação entre elas. Porque, ainda que se trate da mesma saída na direção da morte, a música nunca é a mesma.

CHÉREAU

E está certo. Em todas as situações ele vai buscar a possibilidade de morrer. Mas a decisão nunca assume a mesma forma.

BARENBOIM

Sim, porque as circunstâncias e a dinâmica dessas situações são sempre diferentes.

CHÉREAU

Tem de existir alguma característica na música que precede a ação do suicídio. Por exemplo, no final do segundo ato, quando Tristão pergunta a Isolda se ela quer segui-lo até onde ele vai. É pouco antes do dueto com Melot e antes também da resposta de Isolda. Talvez próximo a:

> *O König, das*
> *kann ich dir nicht sagen*
> (Oh rei, não
> lhe posso dizer).

Em seguida, a música muda, quando ele diz:

> *Wohin nun Tristan scheidet*
> *willst du, Isold', ihm folgen?*
> (Para onde Tristão está indo,
> você o quer seguir, Isolda?).

BARENBOIM

Antes desta passagem há um longo trecho musical.

CHÉREAU

Sim, uma passagem instrumental bem longa.

BARENBOIM

Depois a música muda e ele se volta para Isolda.

CHÉREAU

Este é um dos típicos momentos em que a orquestra prepara a atmosfera daquilo que ele vai dizer.

8.

DA *LIEBESNACHT* À *LIEBESTOD*

Berlioz e Wagner: música para uma meta jamais atingida. O final da versão para concerto do dueto do segundo ato: a "noite de amor" deságua na "morte de amor".

BARENBOIM

O final do dueto do segundo ato, *O ew'ge Nacht* (Noite eterna), que apresenta uma fantástica *Steigerung*, um tensionamento, está escrito de um jeito absolutamente novo para a história da música. A tensão continua subindo, sem jamais chegar à explosão final. E aí é completamente interrompida, antes do *climax*. Como construção, parece-se um pouco com a cena da sacada do *Romeu e Julieta* de Berlioz, e sabemos que Wagner conhecia bem aquela partitura. Ele próprio reconheceu isso e, de mais a mais, a citou.

O começo do *Tristão* também descende diretamente de Berlioz. A ideia é a mesma, isto é, uma melodia um pouco cromática, desprovida de harmonia. A única diferença é que em Berlioz há um dó em vez de um lá. É a cena do início na qual Romeu está só. Depois, segue-se a cena da sacada, esta também citada por Wagner.

Wagner utiliza a técnica de crescer, crescer, crescer até um ponto que jamais será atingido. Como conceber esta construção musical, como desenvolvê-la com a orquestra? Depende de onde começa a *Steigerung*. Ela se inicia com *O sink hernieder* (Oh, desça aqui) ou depois? Porque *O ew'ge Nacht* (Noite eterna) não é um começo, já é o resultado de tudo o que havia acontecido antes. Wagner constrói a passagem do ponto de vista da dinâmica. Começa em *pianissimo* e dali parte a poderosa *Steigerung*. No meio existem flutuações de *velocidade*, mas são flutuações nas quais o repouso inicial não se perde, ainda que se faça cada vez mais breve. A música vai ficando cada vez mais forte e mais rápida, até que, no final, Tristão e Isolda cantam juntos, em uníssono, em oitava. É interessantíssimo.

CHÉREAU

Eles ainda não tinham cantado juntos.

BARENBOIM

Nesse sentido, há uma coisa que sempre me fascinou. Wagner escreveu um final da versão de concerto para o dueto do segundo ato, que começa com *O sink hernieder* (Oh, desça aqui), e chega até antes do acorde dissonante que abre a terceira cena, aquela que anuncia a chegada de Marke e sua comitiva. O fascinante é que Wagner repete este acorde (a nota aguda, o dó sustenido, fica em cima de um acorde de mi maior) exatamente dezenove compassos antes do final da ópera. Assim, para a versão de concerto, Wagner tinha intenção de que o dueto de amor do segundo ato fosse cantado, acrescido, como final, dos dezenove últimos compassos da *Liebestod* (a morte de amor) do terceiro ato. E, para esta versão de concerto, Wagner escreveu para Tristão um contraponto sincopado, o qual também é de grande interesse. Havia sempre um lado extremamente pragmático em Wagner. Para quem não tinha a possibilidade de executar toda a ópera, ele tinha desenvolvido esta versão concerto.

As últimas palavras cantadas por Isolda são: *höchste Lust!* (extremo êxtase!). Para a versão concerto, Wagner acrescentou os últimos dezenove compassos a partir de *In des Weltatems* (Da respiração do mundo).

CHÉREAU

É fascinante para mim, porque a essa altura encontro na música a resposta para a minha pergunta (como teria terminado aquele dueto antes da advertência de Kurwenal), e a encontro justamente nesta versão de concerto. Quer dizer, naquele momento do segundo ato eles poderiam chegar diretamente ao final, juntos, rumo à morte compartilhada. Se não tivessem sido interrompidos, eles teriam feito isso e teriam cantado aquela morte juntos, a dois.

Esta passagem, que é justamente o fim do dueto no segundo ato, eu ainda não consegui fazer realmente em cena. Desisti. Creio ter trabalhado até quase *Soll ich lauschen?* (Devo escutar?), mas depois abandonei o restante porque não havia mais tempo para os ensaios. Se se quer articular este dueto, é preciso muito, muito tempo.

Problemas desse tipo me aconteceram umas vinte vezes n'*O anel*.

BARENBOIM

Eis um bom motivo para o recomeço da próxima temporada programada para o La Scala.

CHÉREAU

Claro... Quando recomecei *O anel*, em Bayreuth, refiz todos os terceiros atos: d'*A valquíria*, do *Siegfrid* e d'*O crepúsculo*. Não terminava nunca. Sim, eu havia apresentado ideias, intuições, propostas, mas o trabalho não tinha terminado, não tinha havido uma análise em profundidade.

No final do dueto no segundo ato do *Tristão* haveria muitas outras coisas a definir. Estou muito intimidado e relutante para me intrometer, porque estão em cena dois cantores quase sem fôlego e não me atrevo a pedir mais deles.

BARENBOIM

Para muitas de suas óperas, Wagner escreveu um final da versão de concerto. Por exemplo, para a Marcha fúnebre d'*O crepúsculo*. E, muitas vezes, acrescentou alguns compassos, como fez com a *Liebesnacht* do *Tristão*. Aqui ele fez um corte, depois acrescentou texto e música, para manter a presença de Tristão. É interessante, porque ele fez referência à música do final do dueto, antes da terceira cena do segundo ato, quando Tristão e Isolda finalmente cantam juntos. No final da versão de concerto ele poderia ter utilizado a mesma partitura, mas não fez isso.

Ele tinha três possibilidades. Poderia deixar Isolda cantar sozinha; escrever outra música para terminar o dueto de amor para o concerto; ou então, no final, poderia ter incluído Tristão. Wagner escolheu esta terceira opção. No entanto, ele não faz Tristão cantar simultaneamente com ela, mas – pelo contrário – em alternância. Eu sempre me perguntei por que ele não havia deixado Tristão cantar com ela, em oitava, como no final do dueto do segundo ato. Porque uma alternância não quer dizer um conjunto, é muito mais um comentário, e, assim, uma espécie de separação.

Este final da versão de concerto nunca é executado, ainda que seja muito interessante. São exatamente dezenove compassos, até o final da *Liebestod*. Wagner escreve a resolução harmônica de toda a passagem, seguindo *Ewige Nacht*, em si maior, o ponto harmônico culminante de toda a ópera; e, assim, do último compasso da segunda cena do segundo ato (logo antes da chegada do rei Marke e da sua comitiva que vai interromper o grande dueto de Tristão e Isolda), passa diretamente aos últimos dezenove compassos que fecham tanto o terceiro ato quanto toda a ópera.

Quando a ópera é tocada por inteiro, é muito importante fazer os *crescendo* e alcançar aquela explosão harmônica, com a dissonância que anuncia a chegada de Marke e sua comitiva. Mas quando se chega ao final da ópera com a *Liebestod* (que, num certo sentido, como vimos, é a continuação e o ápice da *Liebesnacht*), também é muito importante estabelecer uma clara relação entre estes dois grandes momentos da partitura. É fundamental haver uma *recollection*.

Em inglês, existem os dois verbos, *to remember* e *to recollect*. *To remember* pode indicar uma função automática, mecânica. Enquanto *to recollect* requer um esforço racional. Que aqui é fundamental*.

Desde o dia em que descobri isso, cerca de dez ou quinze anos atrás, quando li pela primeira vez a partitura do final da versão de concerto da *Liebesnacht*, logo revisitei toda a tensão do enorme corte no dueto do segundo ato.

É claro que Wagner tinha uma grande concepção unitária da ópera. Aqueles últimos dezenove compassos do trabalho começam enquanto Isolda ainda está cantando. Wagner acrescentou uma linha especial para Tristão. É extraordinário. É como se cada um tivesse vivido por sua própria conta por todo o terceiro ato e, ao final, viessem a morrer juntos.

---

* Estabelece-se, aqui, uma distinção sutil entre sinônimos: *to remember*, "lembrar", e *to recollect*, "recordar". A "recordação" exigiria um esforço da vontade, em oposição à "lembrança", que é o que está presente espontaneamente. (N. T.)

9.

MORRER JUNTOS: UM CAMINHO INICIÁTICO

CHÉREAU

Existe mesmo um caminho quase iniciático que Tristão e Isolda percorrem, e que eles próprios inventam. Não sei como Wagner o concebeu. E também é dada a possibilidade de desenvolver um bom trabalho teatral. Não há muitos outros exemplos de texto com tal riqueza e complexidade, que nos obriga a um intenso debate de ideias e ao mesmo tempo deixa grande liberdade à interpretação. Existe uma arte sem precedentes no texto do *Tristão*: arte do monólogo, do discurso, da dialética, da oposição, de construir por meio de pergunta e resposta.

Nas grandes cenas de diálogo d'*O anel* tem qualquer coisa de parecido, porque ali também existem conflitos. Por exemplo, na grande cena entre Wotan e Brünnhilde, ou no grande monólogo de Wotan n'*A valquíria*.

No *Tristão*, no entanto, estamos num nível artístico superior. No segundo ato, existe ainda outra dimensão, a de querer transformar o outro, de conduzir o outro para o próprio ponto de vista; e de construir um ponto de vista que seja comum, de ambos, para depois procurar dissolver-se no outro. Isso faz pensar no tipo de percurso comum que pode ser feito numa vida. É a experiência de uma vida que chega a ser utópica, porque quer se encerrar na morte. E então haverá ainda um outro processo, porque Tristão não quer morrer sem Isolda; e esta é a essência do terceiro ato.

Um filósofo francês de origem húngara e vienense, André Gorz, escritor de ensaios de extrema esquerda, publicou, há aproximadamente um ano, um livro extraordinário. Intitula-se *Carta a D*, e é uma carta para a sua esposa. Numa visão panorâmica da própria vida, Gorz narra os anos ao lado dela e explica o porquê de nos seus livros anteriores ele jamais ter falado da mulher ou, às vezes, não ter se expressado bem. O livro é absolutamente maravilhoso e diz:

> Você está prestes a completar 82 anos. Encolheu seis centímetros e está sempre bonita, elegante e desejável. [...] Faz 58 anos que vivemos juntos e amo você mais do que nunca. Mais uma vez, estou levando no fundo do peito um vazio devorador que só o calor do seu corpo junto ao meu preenche. Foi você quem me ensinou o amor.

É como Isolda com Tristão. Qualquer um de nós desejaria não ter de sobreviver à morte do outro.

"Muitas vezes dissemos um ao outro que se, por absurdo, tivéssemos uma segunda vida, queríamos passá-la juntos."

Eles fizeram isso.

Faz alguns meses, eles se suicidaram. Ela estava muito doente. Ele já tinha dito que não tinha intenção de sobreviver a ela.

À porta, estava um bilhete: "Chamem a polícia".

O livro é extraordinário. Seis meses após o término do livro eles se mataram.

"D" é a inicial de Dorina, o nome da esposa.

BARENBOIM

Acho que aquele desejo de morrer juntos já estava presente no segundo ato. O terceiro ato é como a realização de tudo o que planejaram e decidiram no segundo.

CHÉREAU

Claro, e conseguiram realizar o seu projeto.

Mas existe um desdobramento subsequente, porque ele não tem certeza de que ela chegará em tempo, não tem certeza de que ele sobreviverá até a chegada dela. Eles não mais se falaram desde o momento em que, no final do segundo ato, Tristão convidou Isolda a segui-lo, sem dizer-lhe até onde.

BARENBOIM

Kurwenal diz a Tristão que, quando foram juntos a Kareol, Tristão estava inconsciente.

CHÉREAU

Sim, ele estava em coma. No começo do terceiro ato, nem mesmo havia previsão de que ele acordasse. Se acordasse, seria apenas para morrer.

A ferida é realmente profunda. Tristão e Isolda estão separados. E aí o problema é resistir, com todas as forças, até que ela chegue. Não se diz que ele vai aguentar, porque ele chegou ao extremo, ao limite. E então ela chega e ele morre. Ainda a tempo. Ele morre no instante em que ela põe os pés em terra. Ele lhe diz "Isolda", e acabou. Um minuto mais, e eles nunca mais se teriam visto.